AQUARIUS

AQUARIUS

AQUARIUS

AQUARIUS

每個人心中都有一座島嶼，

藉文字呼息而靜謐，

Island，我們心靈的岸。

這不是社會新聞

Ceci n'est pas un fait divers

菲利普・貝松
Philippe Besson◎著
許雅雯◎譯

獻給T.

他震撼人心的證詞讓這本書萌芽。

獻給Sophiane,

她在迷惘的時刻給予美好的陪伴。

醜聞之中最醜陋的就是我們已逐漸習以為常。

——西蒙・波娃

【推薦序】

我們需要的，是阻止自己繼續墜落

◎劉仲彬（臨床心理師）

接下來帶您回顧一週國際新聞。首先是發生於法國西南部小鎮——布朗克福的一樁凶殺案。凶嫌為一名四十多歲中年男性，事發當日因妻子提出離異要求，引發雙方口角爭執，凶嫌遂以利刃刺殺妻子，受害者一共身中十七刀，當場身亡，十三歲女兒則全程目睹。

凶嫌犯案後持刀逃逸，至今下落不明，十九歲長子聞訊後，旋即自巴黎返鄉辦理後事。據憲警指揮官表示，凶嫌疑有家暴傾向，但地方警局未明確立案，目前警隊以緝拿凶嫌歸案為先，全案仍調查中。近年全球家暴致死案件與日俱增，類似案件在台灣亦時有所聞，兩兄妹今後何去何從，心靈創傷又該如何修補，值得社會大眾進一步思考。

以上是社會新聞，但接下來，不會再有下文。

此案若發生在國內，精神科醫師、心理師、律師與政客會相繼發聲，推估犯案動機，究責相關單位，給出安置建議。名嘴藝人會齊聲譴責，愛心帳戶會開始起跑，一個星期之後，這個故事就會被另一件弊案或某個網紅幹的蠢事所取代。至於兩兄妹，則交由捐款與專家善後，成為社福資料庫的某組歸檔編號。

因此沒有多少人知道，從事發當天開始，他們將有一段漫長的時日無家可歸。因為案發現場必須進行鑑識蒐證，對一個剛失去母親的孩子來說，她的存在會汙染證據，因此她連進自己房間拿換洗衣物的許可都沒有。

也沒有幾個人知道，事隔一年，黃色封鎖線拆除之後，這些孩子必須親手清洗那些發黑的血漬，重整被暴行摧毀過的擺設，以及滿屋子糾結的回憶。

這段時間，他們會被迫接受同情的目光、無聲的慰詞，家庭已不復存在，住所被法律接管，連找個臨時監護人都有困難。他們必須親上法庭與父親對峙，他們永遠失去了與母親的聯繫，只留下不堪的回憶。而女孩總是想著，若失去與留下的能夠對調，該有多好。

這個故事，讓我想起了一部冷門的日片《誰來守護我》，這片雖然沒受到任何獎項眷顧，但劇本田調卻做得非常扎實。它讓觀眾知道，原來當家中出現殺人嫌犯時，家長是要立刻離婚的，目的是避免餘下的家人受到牽連。於是當嫌犯的妹妹一如往常地放學回家，心裡還想著餐桌上的晚餐時，就被撲面而來的麥克風與鎂光燈所突擊。她慌張地踏進家門，客廳擠滿了陌生人，她還在辨識臉孔時，就被律師告知父母已經離異，自己即將從母姓，身分證會換上另一組名字。接著她被推進房間，在掩人耳目的情況下迅速打包離開住所，警探壓低她的身子，廂型車剖開人群，透過車簾的縫隙，她才發現自己忘了關上房間的燈。外頭的世界持續搖晃，光點愈縮愈小，三十分鐘之內，她的人生被折成了兩截。

但沒人在意，大家在意的是如何撻伐凶手，如何讓新聞維持熱度，如何讓自己的見解，在這樁慘劇中被看見。大家都在守護自己的信念，但沒有人守護倖存的孩子，無論他們是加害者或受害者的孩子。

無人守護，但至少要有人理解，否則所謂憐憫，就只是被熱度牽著走的廉價表態。

於是，本書作者貝松決定以文字守護這段經歷。《這不是社會新聞》（*Ceci n'est pas un fait divers*）是一本啟發自真實事件的虛構小說，作者以紀實文學的步調，耐心地揭示凶案之後，未成年遺屬會遭遇的現實處境。以非虛構小說的筆法，讓主角化身為十九歲的少年，引領讀者理解孩子所遭逢的創傷衝擊。

書中的兩個孩子，既是加害者親屬，亦為受害者遺族。手起刀落之後，父親不再是原來的父親，但也無法就此被歸為凶手。因為在孩子心中，愛恨不會只被一把刀刃切割，成為壁壘分明的兩種情感，他們仍留著被父親擁抱的溫度，也目睹了母親殞滅的瞬間。兩種記憶的拉扯，才是對孩子最強烈的衝擊，莫之能禦。

於是在凶手入獄後，女孩依舊想去探視父親，依舊想回到那片曾與母親同遊的沙灘，她不想任何人受到懲處，她只希望這一切都沒發生。在沙灘上，父親會開著不得體的玩笑，縱身入海，母親會望著海的遠處，露出淺淺的笑，她和哥哥則會從沙丘上滑下來，然後大口吃著冰淇淋。

她只想回到過去，但回憶總在提醒悲劇，於是她只好在腳下挖個洞，讓自己往下掉。只有如此，才能成為那個不在場的人。

被留下來的人，沒有比較幸運，因為他們要修復的，是看不到進度的東西。沒有肉眼可及的疤痕，沒有變淺的結痂，他們的傷被包覆在身體裡面，成了科學儀器無從掃描的創口。倖存者的內疚，會讓他們怨恨自己沒有阻止整件事，會讓他們把責任往身上攬，解離成了唯一的解法，而他們最需要的，是停止墜落。

從頭到尾，作者都不打算提出解方，他把讀者留在主角的視野，同步體驗創傷來襲時的力有未逮，時而震盪，時而暈眩，因為那些細節都太過刺眼。貝松用文學接手無人聞問的新聞，讓創傷得以被正視，對正在墜落的孩子而言，這是最溫柔的緩衝。我們永遠不知道未來會變得更好，或是更糟，但最起碼，這些孩子沒有放棄對未來的想像。

烈日當空，影子把時間往前推了幾吋，為了看向更遠的海，孩子們沿著上坡，步履不停。

1

我忘了鈴聲響起時究竟在忙什麼，直到最後一刻才匆忙接起。一開始，話筒那端的她一句話也說不出來。

但她確實鼓起勇氣撥打了我的號碼，也耐心地聽完等待接通時在她耳邊響了四次的提示音。我因為差點錯過來電而略感煩躁，大聲催促下，她終於聽見我的呼喚。然而，電話那頭依舊無聲。事實上，她是受到巨大的衝擊而無法出聲。

我對衝擊的來源毫不知情，只知道妹妹給我打了電話，這一點也不尋常。我們不常交談，就算有，也只在我週末回家時才會面對面聊上幾句，因此我對這通來電的感受僅止於驚訝，談不上擔憂。真正的憂心始於聽見她的喘息，話筒裡只有她的喘息聲，她的呼吸聽起來就像快要窒息了。沒錯，就像快窒息了。於是，我先打破了沉默，問道：

「蕾雅？蕾雅？是妳嗎？」沒有回應。

我大可把這通電話當作玩笑，或者認定是她無意間按到通訊錄裡的號碼，沒發現電話已經接通。這些都是有可能的。但我並沒有這麼想。我也可以想像話筒那端是另一個偷了她手機的人，甚至有人因為某個不可抗的因素代替她打了這通電話，但我沒有這麼做。我很肯定話筒那端的人就是她。儘管那呼吸急促且紊亂，卻是她無誤。我不可能搞錯。這種把握來自於兩人的默契，是關係密切的證據。

見她始終不出聲，直覺告訴我，應該再溫和一點，因此，我試著用輕柔的語氣再次呼喚。我削去聲音裡的憂慮，藏起所有的不耐。這下，她總算開口了。

她小聲低語：「出事了。」

我記得很清楚，當時我坐在租屋處廚房裡的小桌子旁，聽見那句話後，一陣涼意爬上背脊，我不禁挺直了身軀。我不明白為什麼在一片模糊的記憶中，唯獨這件事歷歷在目——也許下次與心理師見面時應該詢問——我猜想，某些關鍵時刻很難從記憶中抹除，而有時，在事情發生的當下，我們就會知道那是關鍵時刻。

我沒有追問：「什麼事？」事實上，我有足夠的時間提問，因為蕾雅在說出下一句話前沉默了好幾秒，至少十來秒；她的確需要這段空白，好讓自己重新回到軌道上，說出那難以開口的句子。我想，這時提出這樣的問題也是沒有意義的，畢竟她終究要說出口的，虛弱的聲音、急促的呼吸都不成阻礙。她是唯一一個知道真相的人，只有她擁有揭示的權利，她的來電也只為了這唯一的目的，選擇打給我是理所當然。一開始，她因為打擊太大而無法開口，接著又被排山倒海的情緒淹沒，然而我確信她做得到，她能把該說的話說出口。

而她的確做到了。

她說：「爸爸剛剛殺了媽媽。」

2

那年，蕾雅十三歲，我十九歲。

我們沒有學過如何面對這種程度、這種性質的災難。

沒有人學過。當然了。

然而，它卻降臨在我們身上。

3

換作他人，可能會喊道：「什麼？妳剛剛說了什麼？」藉此反覆確認自己理解當下的情況——事實上會反覆確認的人心裡都是清楚明白的，這麼做不過是條件反射，他們不相信、不願相信，甚至是否認眼前的事實——但我沒有提高音量，沒有出聲抗議。

相對地，我問了：「怎麼會這樣？」我要她把話說清楚，試圖釐清狀況、理解事情發生的經過。這就是我的反射動作。話不能這麼籠統，事情不能這麼不著邊際，我需要細節，需要具體的、確切的、有形的內容，需要邊界與界限。

蕾雅沒有回答。

後來，太遲的後來，我才意識到，不該對一個十三歲的孩子提出這種問題，更不該的是，她是受害者的女兒。

因此，我降低了要求，把語氣放輕，給了一個我能想到最不嚇人的假設，我寄予最後一絲希望，卻一點也不相信：「他不是故意的吧？」

她勉強擠出一個字：「是。」

一個冷靜且肯定的「是」。

一個直達地獄的字。

這下，我也說不出話了。

我感到頭暈目眩，這則消息把我擊潰，我失去了所有回擊的力量。

我必須坦承，這件事沉重無比且超出了我所有的想像，直至今日，每當我回想起蕾雅低聲吐出的那些字詞時，它們仍會以難以置信的清晰雲淡風輕地在我腦海裡響起，我仍然會感到震驚與錯愕。想到這些話竟然有被說出口的機會，我仍然為之目眩。

我想，我是被徹底擊潰了。沒錯，那是一記回馬槍，稍後才刺中了我。我的母親死了。曾經對我來說如此重要的母親，我愛她（可我從未對她說出這個可惡的字，真蠢），但從今往後，我的生命裡再也沒有她了，而我也才剛成為一個大人（這件事加速了我轉大人的進程，就好像把某個東西丟進滾燙油鍋裡——這麼比喻大概會令人感到不解，卻又是最貼切的說法）。悲傷吞噬了我。它沒有讓我哭泣，甚至沒有擠出淚水——是震驚之情堵住了淚腺——但確實是悲傷。那確實是痛苦，是絕望，隨你如何稱呼。

同時，我也感到恐懼。母親是被施暴致死的。我們總是認為，父母的死亡會在遙遠的未來平靜地到來，我們有足夠的時間準備。我們為疾病感到憂心。然而，也許出於迷信，或是缺乏想像力，我們總是排除所有意外的可能，也不曾想過謀殺，更不用說死刑了。死刑只存在於電影裡，或者八卦雜誌的內頁。

接著是憤怒。母親死了，在毫無反抗能力的情況下，至少也是無能為力的情況。她是個瘦弱的女人，父親則天生壯碩。面對父親，母親毫無倖免的機會。

再者，從一通電話裡得知這個消息，讓這一切變得更不真實、更加震撼。我感到迷惘。完完全全的迷失。（這也是我的錯，很長一段時間以來，我都刻意保持距離。也許之後應該說說這件事。）

我細數了自己情緒的轉變，看起來似乎已經過了很長的時間，事實上並非如此，不過就是幾秒內的事而已。幾秒內可以經歷這麼多的情緒轉折，真是不可思議。

話筒那端妹妹的呼吸聲把這一切都推到次要的位置，眼前有個緊急事件需要處理，而我就是那個可以處理，也應該去處理的人。這不就是她給我打這通電話的原因嗎？

4

「妳現在在哪裡？」

「廚房。」

「一個人嗎？」

「跟媽媽一起。」

她說「媽媽」這兩個字時，彷彿媽媽還活得好好的，就跟平常一樣。我必須強忍住抽泣。

接著，我開始勾勒案發現場。我對事情的經過仍一無所知，不過要想像一具躺在地上的屍體，周圍流了一灘血，這樣的畫面並非難事。請別誤解「並非難事」的意思。那場景想當然耳是駭人的，甚至難以承受。但我的想像更多是基於我對那個場所的了解所做出的推理，以及合理的判斷。

我看見蕾雅在媽媽的遺體旁邊。

請允許我在這怪異的景象上稍作停留。我至今沒有真正看過現場，可是它卻深植在我腦海，無法擺脫。

「爸爸呢？他還在嗎？」

「沒有。他跑走了，我也不知道去哪裡了。」

我再次陷入想像之中（這是我彌補自己的疏遠、缺席和在重要時刻逃避的方法）。他先是往後退了幾步，想必有點茫然，然後像個懦夫，像個膽小鬼般逃離。也許他連猛力關門的步驟都省略了。走在房子前那條小徑上的他腳步踉蹌，像個醉漢。我趕緊抹去了這個形象，不讓它削弱他的行為帶來的後果。

「妳真的真的確定媽媽已經……？」

「對。」

我並不是懷抱任何希望才這麼問的，只是，沒有看過屍體的人是有可能認錯的吧？刀刺進身體（如果是刺進去的）的那幾下可能不至於致命，但她的那聲「對」如刀一般俐落。蕾雅的情緒紊亂，可是頭腦是清醒的（後來我才知道她當時測了脈搏，又是一個沉重的影像）。而且，這場風暴中，事實與單純的真相成了指引她的明燈。

我刻意不說完那句話，避開了關鍵詞（這也是刻意的）。事後，我又想，我是不是不願意面對事實，就像一隻在障礙之前退卻的馬，是不是我沒有足夠的勇氣面對。也許是不想在火上澆油。不過現在，我認為是蕾雅刻意打斷了我的話。是她選擇了保護我。

「妳呢？妳沒事嗎？」

「沒有。」

他沒有對她施暴（我差點就說「感謝上帝」，可是哪有上帝可以感謝，如果真有，那也該受到指責，而非感謝）。之後還有時間可以確認爸爸是否威脅她，是否企圖對她做任何事——這將會讓情況更糟——當下最要緊的是，她安然無恙。這是末日般的一天中最令人感到欣慰的消息。

「不要待在廚房。回房間去，用鑰匙鎖上房門。」

我必須確保她的安全，更要讓她脫離剛才目睹的景象。如果連電話這端的我都已身陷驚駭與恐慌之中，她又該是什麼狀態呢？

也許整個過程她都看到了，但我不敢開口問。我想等到面對面時再談這件事。

「可以去貝容太太家，如果妳覺得這樣比較好的話。」

我突然想到這件事。讓她把門鎖上、留在那棟房子裡看似安全，可是如果父親回來，也是危險的。躲到鄰居家似乎是更安全的選擇。除非殺人犯——人們應該會這樣叫他吧？——還在附近徘徊。

她回答：「我比較想留在房間裡。」

對她來說，那是個安全的世界，溫暖又舒適，待在那裡，就沒有什麼能傷害她。然而，按照這個道理，廚房也一樣，不應該發生什麼壞事的。廚房也不該是會發生凶殺案的場所。

我回道：「妳決定就好。」

接著又說：「我已經打電話給警察了。他們很快就會到。我會搭第一班火車回去。」

她說：「好。」

我又補了一句：「我坐上火車後會再打給妳。我不會丟下妳的。一定不會丟下妳。」

她回了同樣的話：「好。」

5

掛斷電話後，我繼續坐在凳子上。

按理，我應該處理憲警[1]和火車票的事。可是我無法阻止自己在腦袋裡搜尋最後一次見到媽媽的情景。

那是三個星期前的事了。她陪我到火車站搭車。

我努力回想她最後幾句話，卻怎麼也想不起來。大概就是些稀鬆平常的話，像是：「鑰匙帶了吧？檢查了嗎？」

我也試著重建最後一次見到她的模樣，記憶中的她站在月台上，揮手向我說再見。我應該也是用同樣的手勢回應吧，但我並不確定。

記憶的模糊與搖擺不定的影像讓我感到羞愧。

我覺得不能立刻起身，需要一點時間恢復清醒，以免被暈眩襲擊而跌跤。就像抽血後的感覺。

我需要思考，需要從方才和妹妹短暫卻瘋狂至極的對話中抽身，重拾某種控制權。

於是，我一字一字清楚地喊了出來：我—爸—剛—才—殺—了—我—媽。

我需要的就是這個：大聲說出那幾個字，藉此確認它們的真實性，確認這個事實，也賦予它們意義；同時帶著一點無理的期待，試圖把這幾個字指涉的內

---

1 譯註：法國的警察制度分為自治市警察（police municipale）與國家憲警（gendarmerie nationale）兩種，前者負責巡邏、交通與糾紛調解，主要工作為預防犯罪，沒有犯罪調查的權限，案件發生時，權限會轉移到身兼軍職與警職的國家憲警，由他們負責辦案。

容推到遠處，至少稍微離我遠一點。

然而，我卻得到了一個完全不同的結果。坐在小桌子旁的我這才意識到，我對這件事感到驚訝，可是似乎並不意外。

我想的是：總該發生的。

或更確切地說：是有可能發生的。

可是我從未有過這樣的念頭。從未有過。

什麼意思？

所以這個念頭是藏在我的潛意識裡，現在突然浮現了。

太晚了。

不。

我驅走這個念頭。現在不該是被這樣的想法纏身的時候，更何況我有預感它還會再回來，到時我將不得不面對。現在還有更緊急的事要處理。

正常情況下，我應該撥打一七[2]找警察，可是我卻搜尋了布朗克福（Blanquefort）憲警隊的電話。為什麼？因為我想到：打給警察局，接電話的會是個關在某個陌生辦公室裡的陌生人。他會坐在一台電話交換機前，戴著耳機，遵循同樣的程序和規定，要我拼出名字，要我重複同樣的話，並懷疑我說的事。我覺得那是浪費時間的做法，而且我也無法忍受對方以隨意或懷疑的態度待我。可以想像他們每天都會接到許多電話，會遇到瘋子或用一些不重要的小事占線的人，所以第一件事就是篩選、刪除。我希望電話的另一端是真正的人，一個了解這座城市，或許也認識媽媽的人。接電話的是一位女士。聲音聽上去是個年輕人。我一口氣說完了事情原委。她可能有些驚愕，但還是立即回應了我：「我們馬上就派一隊人過去。」

2 譯註：一七是法國報案電話。

回想起來，她大可懷疑我是來惡作劇的，可是她相信我了，沒有絲毫的遲疑。我想是我的慌亂說服了她。還有我提供的詳細資料：姓名、地址、電話、現場的描述。我還說了：「您知道波默－德利爾路嗎？共和國公車站牌那裡？就在那後面。」通常就是這些最平凡無奇的畫面讓最不可思議的故事變得可信。

最後，我決定直奔蒙帕拿斯（Montparnasse）車站，沒有買票，也沒有把任何東西丟進行李袋。車站大廳裡的時刻表上顯示：五分鐘後有一班列車前往波爾多（Bordeaux）。運氣真好（這一閃而過的念頭令我感到可悲）。我找到月台，在列車廣播即將關上車門前跳上了第一節車廂。若有查票員要開罰單，我打算告訴他，我媽剛去世了，是我爸殺的。他會堅持罰款嗎？逆境也可能帶來好處；相比之下無足輕重的好處。結果沒有人查票。

列車剛駛出巴黎，一個陌生的號碼就出現在我的手機螢幕上。我立刻接起電話。是憲警隊的指揮官打來的，但我沒記住他的名字。我請他稍候，讓我先在車間通道上找個地方坐下。確認了我的身分後，他表示是來跟我「更新進度」的，他已經「抵達現場」了。他的聲音低沉，沒有情緒，符合他的職業。可是他突然換了口吻對我說：「令堂確實已去世，我很遺憾。」

我在想，憲警學校是否會教授學生在宣布這種消息時，應該採取溫和且富有同情心的口吻？還是經驗使然，讓他學會了體貼，又或者是因為，即使從事這份工作多年，他仍然無法掩飾某些情緒。

至於我，當母親的死訊成為官方確認、記錄在案、無可爭議的事實時，我的眼睛正盯著廁所門上的標誌。多麼荒謬、多麼難忘。

回過神後，我問了蕾雅的狀況。他重拾中性的語調，使用程序性的詞彙向我保證，他們已經「把她安置在安全的地方」了。我不知道安置是什麼意思：是坐在某輛警車的後座嗎？還是交給了醫生或消防員？

接著，我下意識壓低了聲音，儘管沒人能聽見我說的話。我問他：「我媽是怎麼死的？」他沒有正面回應：「您不要等到了現場，我再告訴您嗎？」在我的堅持下，他鬆口了，也許是為了降低衝擊，他又用標準化的官方說法回應：「是尖銳的武器。」所以，媽媽是被刺死的。「多處傷害。」所以，媽媽被刀刺了很多次。

6

我對這段旅程沒有太多記憶。窗外景色一掠而過，我很熟悉——以前有段時間經常搭乘——卻沒有細看，也許是視而不見，只記得一片綠色，移動的綠，也有無盡的原野，沒有一處吸引我的注意力。印象裡只有一位沉浸在雜誌裡的女士，以及更遠處一個頑皮的小女孩，她的吵鬧和蹦蹦跳跳讓我感到不耐。我為這份不耐自責。這個孩子無視周遭生命的無常，對身邊的悲劇漠不關心，我應該感到驚喜才對。我把耳機塞進耳朵裡，聽起寵物店男孩合唱團（Pet Shop Boys）的歌。甜美的流行音樂與當下的氛圍完全不合，但我一點也不在意。重要的是，我需要音樂分散注意力。

我和蕾雅互傳了幾個訊息（她告訴我有個憲警一直陪著她），我沒有食言。我就要回到她身邊了，很快就能在一起，我會把她緊緊地抱在懷裡。不過，我並沒有告訴她，我會把她緊緊地抱在懷裡。不能讓她覺得我的同情心氾濫，或是拋棄了我們對彼此的矜持。這種想法其實很可笑。畢竟當下的情況如此特殊，即使我打破慣常，也不會有人有異議。看來，即使是遭遇如此可怕、無法想像的情況，人還是會保有一些本能反應。

我急著見她，同時讓她一個人面對這種情況的愧疚感也（已經）在催促著我。照理來說，我應該覺得這段旅程很漫長才對，奇怪的是，我並沒有這種感覺。因為這一段時間是抽象的、混沌的，既是洶湧的波濤又是迷離的霧氣，所以我沒有察覺到它的流逝。應該算是不幸中的大幸吧。

這團迷霧很容易理解：因為我處在一個思考迴圈之中。我想著爸爸為什麼會殺了媽媽，他是怎麼走到這一步的？這個問句就像一場夢、一場噩夢，把我困在同一個地方，無法擺脫，也無法往下一個階段前進。它反覆出現，一遍又一遍，繞成了一個完美的、惱人的迴圈。

抵達波爾多聖讓車站時，我沒有像平常一樣轉搭地上電車，而是攔了一輛計程車，就算會花掉我這個星期大部分的生活費，我也不想浪費寶貴的時間。

我沒想到的是，這輛車竟把我帶回童年，帶向童年曾有過的感受。當時，我和蕾雅坐在後座，前座的爸媽緊張兮兮。爸爸的情緒來自交通堵塞，久久無法前進，好像堵車是衝著他來的，好像那些人擠在一起或亂開車都是為了惹怒他。媽媽則因為總是擔心自己忘了什麼，忘了帶錢包，忘了把家門鎖上，去購物中心買東西也是她焦慮的原因，明明是件再平常不過的事，她卻總是覺得購物清單上少寫了什麼；也害怕推車相撞，甚至是賣場裡突然廣播特別折扣時，她也會變得緊張。其實仔細想想，她似乎經常處在害怕的情緒中。計程車裡的我自忖，是我們沒有給她足夠的關注，她這樣的個性肯定是某種原因造成的。

7

我到家時，已經有好幾輛警車停在門口，現場由膠帶圍出封鎖線，圍觀群眾站在線後探頭。人們總對地方新聞著迷，在路上開車，看到事故就會減速觀看。他們試著擠進前排觀賞這場表演。他們會檢視每個調查人員的面部表情，試著解讀那裡透露的訊息，等著看一張擔架、一具遺體出現。他們表示哀悼，表現出驚恐，但無論如何都不會離開哨站。這些人不是被惻隱之心驅使，至少不單是如此，驅使他們的是窺視癖。我在圍觀的人群裡看到兩三個認識的臉孔，一股怒氣衝上心頭：出事的是媽媽，他們難道沒有一點羞恥心嗎？這股怒氣直到指揮官上前帶我穿過封鎖線，才逐漸消散。

皮耶．威狄葉，我得說說這個人。正派人士，這是他給我的第一印象。可能是因為他的率直、他的白髮和他身上散發出來的公職精神。世界上就是有這樣的人，他的存在能讓你感到安心。皮耶．威狄葉就是。這與他的工作能力無關，而且我也有可能判斷錯誤。不過總之我是這麼想的：這個人值得信任。

（我那時還不知道，這些憲警有時看不到最要緊的事，有時不會給予求救聲應有的關注。）

然而，轉念一想，其實我有沒有在一開始就信任他並沒有太大的意義：母親死了，我們知道凶手是誰，這樁案子沒有謎團需要解開，也不需要任何調查，只要找到凶手就好。只不過，當時父親人間蒸發。在無助且心煩意亂的時刻，我們會抓住第一隻伸過來的援手，會聆聽第一個能安撫我們的聲音。

他再次向我致上哀悼，把我帶到角落，遠離好奇的眼光，然後詢問我是否需要什麼。從他似乎利用對話拖延時間的做法和刻意壓低的音量中，我突然明白了，我不能進屋。他也立刻證實了我的猜測：「案發現場，您懂的。令堂的遺體還在裡面。不過她被移到停屍間時，我們會請您過來認屍。」

這番話讓我跪倒在地。

沒有隱喻。

人群裡突然傳出一陣喧譁。大概是有人看見我跌倒，看見指揮官努力拉起我，他的一名下屬跑來協助。

起身後，我看見褲管底部沾了灰塵，下意識拍落它們。我對這些細節的記憶非常清晰。當時一切都是那麼難以理解，彷彿都籠罩在霧裡，但我卻清楚地記得這個動作，我把褲管上的灰塵拍掉。還有眾人的窸窣低語。

我出聲抗議：我要看我媽，不讓我進去是不人道的。指揮官不為所動：任何人都不能進入凶殺案的案發現場，我們不能冒破壞現場的風險，調查已經開始，任何細節都會列入考量，必須嚴格遵守程序，我很抱歉，但規定就是規定。為了確保我明白情況已不同，他又進一步說明：「而且，我們會貼上封條，您必須另尋住處。」

我盯著他看了幾秒，不再生氣，怒氣突然煙消雲散，我明白了，他是對的，一切都不一樣了，我們的生活現在變成了地方新聞，由警方和司法機關來處理，我們再也沒有發言權了。

8

我央求：「蕾雅，至少可以看她吧？」

皮耶．威狄葉答應了：「你們的鄰居收留了她。可是她必須盡快到憲警隊做筆錄。她是唯一的目擊證人。」

這一剎那，我得到答案了。

我知道她「全都」看到了。

我知道我妹看到她爸殺了她媽。

下一秒占據我思緒的是：「她需要幾年的時間才能克服這種創傷？需要多久才能從深淵裡爬出來？」

這僅僅是時間的問題嗎？

我的惻隱之心伴隨著巨大的疼痛襲來，分不清孰先孰後。

但我決定驅逐這些感受，保持頭腦清醒。

我接著提問，話語急促得像機關槍迸發：「我可以跟她一起去嗎？跟我妹妹一起，去憲警隊？」

眼前這位身著制服的男人猶豫了：「按照規定，您不是目擊證人，我也不希望您會影響她的證詞，儘管您並無意干涉。」

我再次懇求：「她還沒成年……這對她來說太難了，我陪著她會好一點。」

他點了點頭表示同意。

我走向貝容家，一棟幾乎和爸媽的房子一模一樣的房子。我們住在一個小型社區裡，所有房子都是在一九七〇年代中期左右蓋好的，長得都差不多。就連前院也沒什麼兩樣。

是啊，一樣的房子，只是這一棟裡沒有人死掉，沒有人遭到殺害。我心想：這就像打雷，打中了一棵樹，旁邊那棵安然無恙。這是命運，是運氣。

然而，這個故事裡應該沒有偶然的因素。

即便我心裡已經有一些想法，我也拒絕讓它成形。

我看見蕾雅站在客廳窗前。看起來就像她在監視我們家，不想錯過任何事，或者，是被憲警忙進忙出的身影和紅色的消防車吸引，但事實上並非如此。我知道那種眼神，那是她往內心世界裡去時會有的眼神，她隔絕了外在世界，什麼也看不到。她沒有看到我走來，否則應該會有什麼反應的，也許甚至會對我微笑。但她沒有，我敢說，她一定是在重建目睹的場景，那一幕幕的畫面正糾纏她、侵擾她、困住她。離窗戶更近時，我看到她的眼神中滲入了恐懼。巨大的恐懼。

我盡可能大聲地喊了她的名字，試圖藉此把她從噩夢中拉回來，讓她意識到自己不再是孤單一人了。我來了，我們會一起面對考驗，誰知道呢？也許兩個人一起，成功的機率比較大。總之，我相信很多事的成敗都將取決於我，取決於我的力量，以及我對她的愛，我絕不能動搖。複誦這句咒語也是有好處的，這麼做我才不至於被悲傷、驚嚇或憎恨吞沒。畢竟我還有更重要的事要處理。我還有蕾雅。

回想當時，我知道，是妹妹在無意間把我從過於悲傷的激情和過於苦澀的躁動中拯救出來的。因為她，這些情緒都被禁止了。

我走到她身邊，將她擁入懷裡。我終於允許自己表現出這份溫柔了。又或者，是它自己滿溢出來，表現在她面前的。蕾雅順勢接下這份溫暖，但我卻覺得好像在擁抱一棵樹：她沒有回應我的擁抱，雙臂垂在身體兩側。她的冷漠不是敵意的表現，而是在說她的生命已經被抽離；任何動作與感受的可能都隨之消散了。當下我對她遭受的衝擊有了更多理解，它讓她變得蒼白，失去了往日的模樣。

我注意到站在廚房門口一角的貝容太太，她刻意保持距離，雙臂交疊放在胸前，兩隻手透露出緊張，眼裡閃爍著光。還有什麼更能表達出她的沮喪與無力呢？我向她做了個手勢表示感謝。

我非常喜歡貝容太太。她和先生早我們六個月搬進這個社區，一直是我們的鄰居。大兒子弗德烈克比我大一歲，二女兒莒西則小我一歲，我們是青梅竹馬長大的。她對我們家和我們的生活瞭如指掌，經常隔著圍欄和媽媽聊天。她們會分享食譜、互相幫忙、支持對方，從來沒有吵過一次架。兩人雖然算不上朋友，畢竟友誼和友善是不同的，但從任何意義上來看無疑是親近的。

長久以來，貝容太太都認為自己活在一個安全地帶，儘管電視上持續播報著恐怖的事件，儘管恐懼無所不在，她仍然保持著信念，認為他們不會遭遇任何不幸，沒有任何事會降臨在他們身上。然後，她發現自己錯了，最糟的事在最意想不到的地方發生了。

同時，她也發現自己的盲目。怎麼可能看不到這對夫婦之間的問題，怎麼可能讓事情發展到不可收拾的地步，怎麼可能直到那個男人痛下毒手了都沒有發現他的憤怒？她不需要向我懺悔，那雙恐懼和悲傷的眼神已經替她說明了一切。

她的表情裡夾雜著罪惡感。

我把蕾雅抱得更緊了。

9

兩個小時後，我按照指示去了法醫研究院。

我像個夢遊的人，記不清沿路發生的事，也記不得陪我過來的憲警。我的記憶是從接待我的那個人開始的，一個叫喬瑟夫的人。他的名字用大寫字手寫在牌子上，掛在白袍的翻領處，我特別注意到這個細節，也把它留在記憶裡。

那人用柔和的語氣要我跟他走，我便順了他的意，帶著沮喪與驚恐隨他去（那時，我完全放棄掙扎，完全不想發表任何意見）。我們沿著一條沒有盡頭的橄欖綠走道向前，喬瑟夫走起路來腳步踉蹌，我在心裡揣測，那是先天的缺陷還是事故造成的，只要專注於這一類的細節，就能避免自己暈倒。他領著我走進一間鋪著磁磚、冰冷、乾淨、用霓虹燈照亮的房間，指向一側的抽屜。我意識到那就是他們存放遺體的地方。

他說：「令堂身上蓋了一條布，我只會給您看她的臉，您確認一下是不是她。不會超過十秒鐘，我建議您也不要花更長的時間，記住這只是例行公事而已。」

我想，這句話他應該對每個來到這裡的人說過，想著也許他說得對，只要把它想成「例行公事」就不會那麼難受了，同時也想，我做不到，沒辦法把它看作例行公事。

他一個手勢迅速卻溫柔地掀開那條布。我看見下方露出的臉孔，立即別過頭。確實難以忍受。我點了點頭。這對喬瑟夫來說已經足夠。他一定早就習慣了這種失語。

抽屜在一個乾脆的聲響下關上了。我想著：這些過程這麼短暫，也許有一天我會相信這一切從未發生，它們太模糊、太朦朧了，也許有一天我會忘掉。我需要這些虛幻的希望，這些虛構的可能，才不至於發瘋。

很久以後，我才想：「如果那天我看到她整個身體，看到所有的刀痕，我會不會就能站在和蕾雅一樣的位置，她會不會就不必一個人處在驚恐之中了？說不定，事情也會因此朝不同的方向發展？」

話雖如此，就算他們允許，我想我也不會看母親的裸體。我會覺得自己在剝奪她最後的隱私。

10

法醫那裡的事結束後，我立刻去接了蕾雅，一起前往憲警隊。

憲警隊的主樓是以波爾多石磚砌成的建築，旁邊依附著一棟現代化的平頂屋，傍著戴高樂大道延伸。我以前也在這附近玩，但從來沒進去過。我是在布朗克福長大的，卻從來沒有機會進去。很合理，平常人沒有理由進憲警隊。

因此，我推開門時心裡有種複雜的感覺，既熟悉又陌生。我向接待處的人報上名字，值班的年輕女子打斷我，她盯著我們的雙眼裡傳達出濃濃的同情：「我知道你們是誰。跟我來，我帶你們去找指揮官。」（我們知道那是同情，它將成為我們的親密伴侶。）

我們跟著她走過一條長廊（這是我今天第二條走廊了，還會有其他的嗎？），走道兩旁的門全數敞開，門後那些人投來鬼鬼祟祟的目光，彷彿我們是珍禽異獸，不過也有可能是我錯了，只是我的幻想而已。

我們一進門，皮耶．威狄葉就告訴我們爸爸仍然下落不明，希望我們提供一些可用的訊息，即使看似微不足道，也可能為他們所用，幫助他們盡快「定位」。

他穿什麼衣服？他有沒有受傷？他失控時有沒有說過什麼？犯案後呢？他平常有哪些習慣？有沒有常去的地方？還有一些我沒記住的問題。

當然了，也要詳細敘述案發經過，並且協助他們做出「殺人犯臉部素描」。這是他的用詞。

威狄葉很清楚這是個敏感時刻，在進入正題前，花了不少時間讓蕾雅適應辨公室的環境。然而，她並沒有適應這個地方的意圖，只是專注地盯著坐在她眼前的男人，機械式地回答那些前導問題。

然後，在她覺得自己準備好時，深吸了一口氣，勾勒出那個場景：「我在房間裡，聽到一些聲音，是爸媽在樓下吵架。」

警察打斷她，輕聲問道：「妳知道他們為什麼吵架嗎？」

她搖了搖頭。他們不是第一次爭吵，一般情況她都傾向閉上耳朵，等待風暴過境，只是那次風暴沒有平息，反而愈演愈烈。然後她聽見碗盤落地的聲音。

「可以說得更詳細一點嗎？」威狄葉要求。

「好像是有人把盤子丟到地上。」她答道。接著又說：「我想一定是爸爸，媽媽絕對不會把盤子丟壞。」

「有沒有可能是他把她推到餐櫥櫃那裡，撞倒了碗盤？」他反問。

她說她不知道，可是有可能。聽到碗盤破碎聲後，她站到位於二樓的房間門前，可是那裡看不到廚房裡的爸媽，「至少樓梯間那裡看不到，」所以「我往下走了兩三階，從那裡就看得到他們了。」

說到這裡，她停頓了一下，倒吸了口氣，接著變成了抽泣聲，然後是急促的呼吸。

威狄葉說：「慢慢來，我們有的是時間。」這是騙人的，我們三個人都心知肚明，可是她還是像個溺水的人一樣抓住岸邊伸來的竿子。

我無視辦公桌的雜亂、牆上的官方宣導海報和行政機構的簡陋，雙眼直視著她。這是我支持她的方式，也因為我正在發掘真相（在貝容夫人家時，我沒有勇氣問她，只是不斷告訴自己：還不是時候。我試著保護蕾雅，事實上卻是在保護自己），需要這種堅定，才能確保自己承受得住。

蕾雅繼續說：「我看到爸爸拿刀刺人。其實感覺有點奇怪，因為我也聽到聲音了。我說的不是媽媽的慘叫，是刀刺進去的聲音，我沒想過會有聲音。」

指揮官和我，我們對視了一眼。我想，比起妹妹，他更擔心我。

她接著說：「他刺了很多刀，很多。」

十七。驗屍報告上記錄的確切數字。憲警隊這裡早就知道了，但我不知道。

我跳了起來，一陣噁心感襲來，我趕緊衝向牆邊，蜷縮在之前看到的垃圾桶上，但最終從身體裡出來的只有呻吟，只有喉嚨裡嘶啞的摩擦和野獸般的低吼。

威狄葉也起身走向我，對我說：「很抱歉，可是我們得繼續。您還可以嗎？」

我點點頭，回到座位上。蕾雅臉色蒼白但神情鎮定。

11

我的思緒一片混亂。一方面想要知道，甚至是了解整個事件，另一方面又害怕真相會把我撕碎。

反觀我妹，事情在她身上似乎簡單得多：別人提問，她回答，她是證人，她陳述事實。外表顯然是會騙人的：不難想像她腦中的風暴，我們知道她遭受了什麼樣的傷害，但她冷靜的態度、精確的陳述，以及她的決心創造出一種幻覺。為此，我對她滿心欽佩。

但我同時也心懷擔憂。我心想：她在忍耐，付出超乎尋常的努力堅持著，做別人期待她做的事，但總有一天，她會崩潰，完全崩潰，誰能保證等到那時，造成的傷害不會更可怕？

我唯一肯定的是，傷害將永遠伴隨我們。剩下的只有評估傷得多深。

不過，在那當下，我們也只能繼續服從皮耶・威狄葉的要求。

「他有說什麼嗎？我是說妳爸。刺下去的時候？犯案後呢？這不是隨便問的，我想妳明白，我只是要知道在他失控的時候，有沒有不小心留下什麼線索，透露接下來的事，或是要逃去哪裡……」

蕾雅再次哽咽，這個問題太可怕了，但她還是努力在記憶中尋找答案；要是能幫上忙，那她就應該盡力而為。

「他大吼大叫，可是我不知道叫了什麼，我只看到刀子刺了又刺，媽媽試著用雙臂擋住，然後她倒在地上，求爸爸住手，其他的話都糊在一起。」

「妳真的什麼都不記得了嗎？」

「應該是罵人的話吧，我想。啊，還有怪罪她。他說是媽媽把他逼上絕路的，都是她的錯，什麼的。」

「然後呢？」

「然後？然後他看到我了。」

「然後？」

「他看我的眼神是我從來沒看過的……而且他手上還拿著刀……」

「他威脅妳了嗎？有沒有向妳走過去？」

「沒有，他只是站在那裡，看了我幾秒，然後就跑走了。一直拿著刀子。」

「妳覺得，他是要去殺別人嗎？」

「沒有。他做完了。他感覺……累了。」

「累了？」

「他很喘，就好像一個跑了好久的人……

「可是那把刀子，他沒有丟掉，沒有處理掉……

「我覺得他看不到刀子了，甚至忘了有那把刀，只是握著它，沒有放開而已。這只是我的感覺哦，可是應該沒有錯。」

奇怪的是，我知道她的意思，而且也覺得她的直覺是對的，可是我並沒有親眼目睹，所以不能證實任何一件事。我「看到」凶手在犯案後精疲力盡的模樣，而且我很「肯定」媽媽是唯一的受害者，是他唯一的目標，他怨恨的唯一對象，他失控的唯一因素，承載他怒氣的唯一容器。即使身處絕望之中，即使已經走上絕路，也不會有另一個殉難者。

「蕾雅，我還有件事要問妳……」

這句話又為無聲的爆燃點了一把火。

「從妳聽到的、看到的、感覺到的這些事來看，妳爸爸是帶著殺人的意圖回家殺媽媽的，還是那場爭執讓他決定殺人的？」

「有什麼差別嗎？」

「關係到他是預謀殺人還是臨時起意。」

一開始她沒有回答。接著她緩緩轉向我，盯著我看，彷彿我可以幫她給出答案似的。但我馬上明白了。從她看我的眼神裡，我知道她在無聲地問我：「我們早就懷疑過了，對吧？我們早就想過可能會發生這種事了？」我的回應是低下頭。

她回答：「我不知道。」

12

憲警隊持續追查爸爸的行蹤。波爾多來的分隊加入支援。尋找目擊證人的公告已發布。被派到現場的記者呼籲他出面自首。必要時，他們就會展開搜索行動。

而皮耶．威狄葉這裡則專注於案件調查本身，專注於要提供給剛任命的法官的訊息，專注於要提交的案件調查報告。他繼續詢問。

這一次，他轉向我：「能不能說說他們……你們的父母……」

無力感隨著這句話向我襲來。到目前為止，我都沒有說話的必要，而我也覺得合理，而且我也還沒準備好放棄我中立的立場。

再說，我從來沒有說過我們父母的事。我的意思是，沒有深入談過，沒有說過他們相處的細節。他們的職業、居住的城市、年齡，這些我肯定是跟朋友提過的，但也僅止於此，我只說具體的、客觀的、看得見的東西，不過此時，我受邀參與了一場私密的活動，必須深掘我的內心。更重要的是，需要事先準備才能進行。然而出於我對紀律的尊重，我還是盡力滿足指揮官的要求。不過，話雖如此，我還是得承認當時只給出一些籠統的敘述和印象，還因為遲疑而多次中斷敘述，而那遲疑也來自我意識到自己缺少很多關於他們的資訊，遺漏了好幾塊拼圖。這幾個月、這些年間，我詢問了他們的親友，現在的我，會說出完全不同的故事。

我把這段故事獻給你們。它可能比我當時丟出的那幾片少得可憐的碎片更有意義。

這一次，我要從我的母親說起，畢竟她才是這一切的核心。（當時在指揮官面前，我先說了關於他的事。畢竟，他是警方搜查的對象，從他開始也是再自然不過的事，可是我本來就不該順從，不該按常理出牌。因為她值得被放在第一位。）

瑟西．莫虹。一九七〇年代中期出生。也許這麼一說，那個年代的畫面就浮現了，喇叭褲、頭髮上插著花、愛與和平、回歸自然、女權抗爭、工人階級反抗，還有龐畢度因為注射可體松而臃腫的臉。要是這麼想，可就大錯特錯了。這些的確是極具象徵的印象，但完全不適用於吉宏德省（Gironde）的布朗克福，這座當時擁有七千人口的城市。瑟西．莫虹給人的第一印象是賣菸草的女兒。而這句話就足以定義這個人了，她的人生、她的世界都在這幾個字裡。

獨生女。她是家裡的奇蹟，母親在經歷四次流產，放棄了所有希望後生下了她。就像夏季結束時把輕薄的衣物收進衣櫃深處一樣，是在希望被擱置的情況下出生的。這個孩子備受疼愛，更甚於此，她是被捧在手掌心養大的，但那並非溺愛，因為那不是那個家的作風，他們不隨意揮霍金錢，也不想養出一個價值觀扭曲、行為粗魯、傲慢驕橫的女孩。這個孩子學業表現一般，只有小學畢業的父母沒有掌握通往菁英的關鍵，也不是被野心遮了眼的人。這個孩子善於交際，鄰近人家的孩子都是她的朋友，畢竟生活就該如此，與鄰居和睦相處、早晚寒暄、相互邀請到家裡作客。這個孩子不常外出，對外頭廣闊的天地沒有嚮往，經濟能力不夠好，而且賣菸草和報刊的店一年只公休兩週。不過假期在庇里牛斯山上的營隊還是有的，還有一次去了西班牙，青少年時期也到過倫敦；除此之外沒有其他旅行了。有些人可能會認為這是個過於平庸的人生，但她並不這麼看。而且，十八歲那年，原本就單薄的可能性也消失了。母親被來勢洶洶的癌症帶走了，不到一個月便離世。同樣凶猛的悲痛隨之而來，但她沒有時間沉溺於悲傷，這也不是那個家的風格，她必須握緊船舵，父親對她說：不如妳就接手媽媽在店裡的工作吧？跟我一起工作如何？賣報刊、菸草、刮刮樂，給客人倒酒，也算不差的工作，能建立人脈，也不會無端失業。再說，大學學歷固然很好，可是拿到後又能做什麼？她答應了，她不會拒絕父親的，不會拒絕一個鰥夫。菸草店的女兒如今也變成賣菸草的。直到她死去的那天都沒他們沒有努力維持這段關係。所以他把自己封閉起來了，對人很苛刻。對我們的媽媽，對我們，他的弟弟和妹妹都充滿惡意。面對所有的艱難也是這樣。他的夢想是和葡萄酒有關的職業，在城堡裡的那種。他常說學校學的東西對做這個行業沒有幫助，真正的技能要在做中學，這樣才能在陽光下為自己找到一席之地。他總是這麼說，在陽光下找到一席之地。他嘗試了，十七、八歲的時候找到了一個葡萄園的工作，可是沒有持續下去，不知道是他們辭退了他，還是他自己離開的。反正，他唯一有興趣的東西是他的機車。我媽給他買了一輛，他幾乎整天都在那上面。他就是這樣和你媽相遇的。某天晚上，在波爾多一家夜店的門口。他們恰好同時出現在那裡，她和她的朋友一起，而他正騎在機車上。他注意到了她，略施小計引起她的注意，她也忍不住笑了。就這樣。當時可沒有交友軟體可以用。他們的相遇是偶然，發生在真實的生活中。沒想到，結局會是這樣的……」

聽著蜜瑞兒說話，我才意識到，這一切對我來說都好陌生。可是這些話裡明明沒有祕密，沒有不可告人的內容啊。事實是，我們很少會去了解我們的父母在成為父母之前的事。當然會有零星幾個資訊，大致知道他們做過什麼，也因為會跟他們的父母來往，所以知道祖父母是做什麼的。幾個重要的里程碑、幾件大事，除此之外我們就不會想更深入地了解了，就好像那不是我們應該探尋的領域，那是只屬於他們的過去。又或者我們根本不感興趣，畢竟，別人的過去對一個年輕人或幼稚的青少年來說都是那麼乏味。有些人會出於好奇而提問，但我不是這樣的人，我從沒問過他們年輕時的事。我想，也許是出於害羞內斂的本性，面對情感的事避而不談，不輕易吐露心聲，也不習慣敞開心胸。因此，當我發現爸爸小時候因為家庭破碎傷得那麼重，發現他內心充斥著憤怒時，我有點驚訝。我知道他的學業成績不好，但從來沒想過原因何在。除此之外，我也為他二十歲時撩妹、裝腔的形象感到震撼。我眼裡的他是個易怒、脾氣暴躁、過於老成的人，這種挑逗的角色、這股熱情都和他搭不上關係。不

14

在整理爸媽的遺物、個人物品和各種文件時，我找到一些老照片，有的貼在相冊裡，有的則隨意丟在鞋盒中。其中最近的相片大約是十年前的。我心想：很正常，現在都是用手機拍照了，生活的影像都存在裡面。但我不禁又想，這本相冊最後一次被打開是什麼時候的事，鞋盒呢？我想著，媽媽是否有過懷舊的心思，是否有過需要夢回那些快樂的、至少比當下快樂的時刻，或者剛好相反，認為那已是逝去的時光，不堪回首了。我不知道自己更喜歡哪一個答案。

我停在一組四張的拍貼機相片上。相片裡的兩人，我爸和我媽都還只是法蘭克和瑟西。可以想像這組相片一定是在他們認識不久後一時興起，躲進那個拍貼機的亭子裡拍的。那時的他們大約二十來歲，從一連串的鬼臉可以推想他們正處於蜜月期，一段讓人想要緊緊相依、渴望形影不離，有點被愛情沖昏了頭的時光。

相片上的他們看起來的確很美好。特別是媽媽。她的秀髮覆蓋在雙頰上，明亮的眼眸、皓白的牙齒，即便剛經歷喪親之痛，發現自己突然間就必須成為成熟的大人，她仍然流露出某種無憂無慮的模樣。拍下相片的那一瞬間，她給人的感覺就像口渴的人咬了蘋果那樣，咬下一口原本屬於她卻被奪走的青春。

爸爸也是。如金屬般銳利冷酷的眼神、金色的頭髮、方形的下巴。長相中帶有美國人或德國人的味道。可以理解為什麼會受到歡迎。至少，他的身材是出眾的。圓潤的肩膀和壯碩的胸膛在T恤下若隱若現。

他們相遇的那一晚，她第一眼看到的是什麼呢？寬大的肩？金色的髮？霸氣外露的男子氣概？是這些特質吸引了她嗎？還是他的機車？像她這樣保守的女孩，會渴望他這樣的男孩嗎？看來答案是肯定的。因為她回應了他的微笑，因為她接受和他一起走進夜店，因為她喝了他請的酒，因為她和他跳了舞。蜜瑞兒說：「我哥不會跳舞，可是他對自己的身體很有自信，這樣就足以讓人產生錯覺了。」媽媽被這種錯覺征服了嗎？

我無意評論她的行為，她有權接受誘惑，更何況這一點也不重要，這個年紀誰沒發生過這種事，誰都有機會和陌生人來往，自古以來皆如此。不，我只是試著理解，僅此而已，我試圖理解她是怎麼走向他的，他們兩個是怎麼走到一起的。事實上，我就站在母親對這些選擇的意向與自由之前。

不一會兒，我就把思緒轉向兩人相遇的偶然，想起命運丟出的骰子。要是那一晚她沒有出門……要是那一夜她看上了另一個人……這些想法實在太愚蠢了。可是要我如何不去想它？

那些相片是九〇年代中葉拍的，換句話說，就是南斯拉夫戰爭、盧安達種族屠殺、里約地球高峰會議（UNCED）希望破滅、基因改造食物出現、愛滋病大流行、寇特·柯本自殺、房地產市場崩盤、神戶大地震、被化療整形的密特朗等等，和許多我記不住的事的年代。即使生在布朗克福，我們也知道這些事。即使活在布朗克福，我們也明白這個該死的年代有多麼暴力、陰沉、沮喪，充斥著死亡和荒涼的氣息。即便是二十歲的人們，對這個世界漠不關心，那腐朽的氛圍最終還是會找上他們。所以啊，是的，我們擠進立在人行道上的拍貼亭子裡，閃光燈亮起的那一剎那，我們會露出燦爛的笑容，試圖說服自己，就算生在這個年代，我們仍然可以擁有快樂。我說的是快樂，而不是幸福。

15

從這張相片出發，故事可以發展成好幾個版本。至少也有兩個。

第一種是浪漫情事。他們相愛了，因為他們正處於相信自己愛對方的年紀，因為他們的身體互相吸引，因為他們沉浸在無憂無慮的氛圍裡。那是一個沒有手機的年代，要安排下次見面的時間，要經歷不能和對方說話、不能見面的時刻，必須足智多謀、耐心等待、富有創造力。他們約在酒吧、夜店、共同的朋友家相見，騎著機車共遊梅多克（Médoc）鄉村和加倫河（Garonne）沿岸。他說著那些冒險和旅程，提出到國外定居的想法（「魁北克如何？大家都說那裡很棒！」），為她描繪了一個光明的未來，一個沒有日常瑣事的未來。她記得自己給父親的承諾，要繼續幫忙家裡的事，也知道金錢並非萬能，但內心總是渴望著、相信著總有一天會逃離這一切。而法蘭克有滿腔的熱血和魅力。還有遠大的理想。

第二個版本很實際卻也殘酷。這是小情小愛，一時的迷戀，只不過比原本預期的持續得更久，就像春天有時也會比較長一樣。他給出承諾，但都是空頭支票。畢竟他就是個空口說夢話的人，只想做一些零工度日。生活終將把他們——他和她——拉回現實，無處可逃（而且是不怎麼亮麗的現實）。見到他的家人後，她總算了解他那些缺陷的源頭了。她為之動容，但也同時隱約感覺到一點不安。是這些問題讓他變得如此渴望愛嗎？直到某一天，她發現自己懷孕了。出於意外。

在第一個版本的故事裡，他對這個意外感到十分喜悅。他沒有意料到事情的進展，但卻感到開心，這不就是最好的冒險嗎？這個孩子，他們可以帶著他出發，不會影響到兩人旅行的夢想。可是在她這裡卻不是，她有點不知所措。成為母親，即使是出於意外，對一個沒有母親的人來說，就像在絕境裡取得了勝利。她把這件事視為一個徵兆，一個祝福。是啊，說實話，有何不可？

而在另一個版本的故事裡，他安了心，這個孩子代表他們將會繼續在一起，這正是他想要的，與她相守，留住她，她絕不能走。而她，她覺得自己還沒做好當母親的準備，把孩子拿掉才是明智的決定。孩子嘛，以後有的是時間，而且可以跟更合適的人一起。可是她的父親告訴她，我們不能拒絕孩子的到來，他想起妻子流產的經歷，提醒她，機會可能只有一次，誰知道這樣的手術會不會帶來永久的傷害。她不敢反抗他的意志。有時，決定我們人生軌跡的會是另一個人。

第一種假設裡，他感到自豪，未來的妻子因為肚子漸漸隆起而變得愈發美麗，他也會比自己的父親做得更好。他會親自把兒子養大，對自己破碎的童年進行報復，證明自己能夠擔起責任。

而第二種假設裡的他承認自己必須找到份穩定的工作，一個足以養家糊口的固定職位。即使他誇下海口表示這是「暫時的」，然而可以肯定的是，他要把離開這個國家的夢想和光明的未來都賠上去。他在福特汽車工廠找到了一份工作。她呢？她順其自然地過日子。現在，所有的可能都已經關上了大門。前方的道路都畫好了。值得慶幸的是，她相信自己一定會喜歡她的孩子。

那天，在那幾刀落下後，皮耶．威狄葉要我說說他們的事，我想我只是簡單帶了一句：「他們很年輕就結婚了，媽媽當時懷了我。」

這就是我所知道的關於他們年輕時期的全部了。

他沒有出聲。我明白他對這句話不感興趣，故事太久遠，對調查案件沒有幫助。那個當下，我並沒有怪他。那之後，我才知道，要想理解表面上發生的事，就必須先深入探究背後的原因。也明白了看不見的往往比看到的更能說明事情，碎片唯有彼此相黏或與其他事物相接才有可能織出線索。

任何大小事都能激怒他。哪個工具不順手，他會一怒之下就往房間的另一角丟去。鐵鎚、遙控器……任何東西都有可能。談話中只要有人在一個小問題或某個時事上和他的觀點相左，他就可能祭出一連串的辱罵，幾週內都不相見。然而，他又總能和對方和解，這是他的魅力製造出的奇蹟，修復裂痕，也是他舌粲蓮花帶來的效果，說進心坎裡。然而，最能引發他怒火的是他的工作，至少一開始是。汽車工廠的工人，他完全無法融入其中。他抱怨每一件事：從工作環境、工時、薪水、低階主管，再到資本主義、支持資本主義的政府、靠社會福利過活卻不事生產的懶人、生產線上愈來愈多的外國人。任何事都是他生氣和抱怨的對象。不難想像他會覺得自己地位卑賤，覺得受到輕視，他的生活走向一條錯誤的道路，而這一切既然不是他自己的錯，就一定是別人的錯。是的，從我有記憶起，我父親就一直活在挫折裡，易怒且總是怪罪別人。

隨時間流轉，如今我已經可以好好審視他的挫敗了。它們不全是毫無根據的。

首先是布朗克福，對嚮往開闊世界的人來說，這座位於郊區的小城太褊狹，對渴望處於中心地帶的人來說也太沮喪。若是波爾多，至少還是個日新月異的城市，至少總會走回時尚尖端，河畔與流水一再展現新的面貌。但沒有，波爾多的金三角、布爾喬亞、金色的石頭都離他很遠，他只能待在邊緣，遙望那些璀璨星辰。

甚至更糟，住在布朗克福的他根本沒有機會走進葡萄酒莊園，只能待在普通的平房，在小型住宅區裡過著平凡的生活，在一望無際的工業區裡工作。人們總說這座傍水而建、繁花盛開的小城宜居，他卻無法理解他們說的是什麼。人們總在那座中世紀堡壘前驚嘆不已，可是他只看見另一座牢籠。

還有那座福特車廠。當然了，無論是誰問起，都會得到相同的答案，說這是阿基坦地區最大的工廠，一顆明珠，就業機會的創造者，現代化的殿堂，還有一些其他的讚譽，總之不缺恭維之詞。然而，它畢竟是工廠，有工作服，有勞工、打卡機、工作節奏和再平凡不過的薪資。以我爸的年紀，本可以期待升職的，但他必須展現出壯志、野心和紀律，不過你們也看見了，他恰恰擁有相反的特質。

還有那個小鬼。最初的蜜月期過後，他就只是個愛哭、夜不成眠，需要不停換尿布的嬰兒，更別說吃飯吃得到處都是了。再後來，他成了一個過動、過於好奇，又膽小怕事，總是躲在媽媽身後的男孩。跟他想像的完全不同。但他真的想像過當父親的日子嗎？他思考過這兩個字的意義嗎？

所以，是的，任何大小事都能激怒他。

書寫至此，我並不希望你們認為我在替他找藉口。他沒有藉口。沒有。就當我是在找一個解釋吧。有時，只有這麼做才能避免自己窒息。

17

我的母親一直以來都在為他找藉口。

她說那是他的個性，我們應該「接受一個人的全部」，不能只選擇想要的：如果我們喜歡他的熱情、魅力和些微的自負，就要同時接受他的暴躁和易怒。

法蘭克不是個淡定的人，她經常重複這句話（順帶一提，這種說法很能堵住批評）。不淡定。我們都知道他對這種說法很滿意。至少一開始是這樣的。她的個性太害羞，生活太平淡，她的悲傷有時又太過沉重。而他的存在彷彿就是為了與她互補。用她的話來說，就是「他和我，我們就像天平的兩端」。

此話的確不假。人們總說，最經得起時間考驗的夫妻，經常是最不相像的。

他們的考驗將會持續二十年。持續到死亡降臨。

只不過，慢慢地她也開始需要花點心力平息他的怒氣了。她不得不承認，他的情緒「一觸即發」，又是一個她常用的說法，意思是他愈來愈容易生氣，反應也愈發激烈。只要他稍微變得敏感、神經質，她就會使出拖延戰術。為此，她掌握了多種策略，而且日益完善。

轉移話題是最有用的方法。這種方法有點突兀，可以說是意圖明顯，卻總是奏效。不是因為他明白她企圖壓抑他的怒火，而是因為他的注意力會被轉移到其他事上，就像在一個幼童面前搖晃玩具就能讓他忘記難過的事一樣。

降低語調，先是稍微一點，再明顯壓低，迫使他不得不跟著做。令人驚訝的是，這一招竟然有用，最後他會和她降到一樣的位置，就像她對他施了魔法一樣。

玩笑不常見，因為她並不擅長。然而，有時在緊張時刻，她還是能做到的，大概是緊急情況觸發了某個機制，意外啟動了這個能力。他的節奏被打亂後，也就冷靜了下來。

擁抱是她的絕招，不能濫用，也不能讓他感覺這個擁抱是出於同情或把他當作孩子來看。只有在他的情緒非常激動時才能使用。這麼做能讓他顫抖的身體緩緩平靜下來。

一般情況下，她會先輕聲細語地安撫，向他保證一切都會變好。不知道她是怎麼辦到的，但那些話一出，就像為他鑿開一個洞，光就進來了。她不會說謊，我們全然相信她，而且她年輕時經歷過可怕的考驗，這也為她鍍了一層名譽。

偶爾，她也會允許自己畫大餅，編造一個光明的未來，重提出國的事，讓他看到遙遠的彼方和冒險的可能，於是他會陷入幻夢，露出微笑。他在這種時候露出的笑臉，我至今都還記得。那是個令人安心的微笑，因為它透露了這樣的訊息：沒事了，危機解除，我們都平安。多美的笑容。就算是禽獸也可以有美好的笑容。

18

「我們在放藥的櫃子裡發現一個裝了百憂解的化妝包……令堂在服用抗憂鬱的藥物？」

儘管這只是一句沒有情緒的問句，儘管他只是在指揮官的私密辦公室裡，為了搜集一項資訊、勾選一個選項、建立一個檔案而問，我卻無法忘記這句話。因為正是這句話，打開了那條讓我走向內疚、後悔與痛苦的道路。它點燃了導火線。在這之前，我一直生活在無知、盲目或者否認之中（之後再回頭說這一點）。這句話點醒了我，當下才明白我之前根本沒有試圖去了解，一味地把頭轉向他方，最後掩蓋了所有警報。

因為百憂解的事我絲毫不知情，只能把頭轉向妹妹。我還記得我緩慢的動作，就像在刻意拖延時間，不想面對她和我害怕聽到的那個答案。她看到我困惑的神情立刻心生同情，同情我是在這種情況下得知這件事。她點頭確認。有時候，殘酷的衝擊不一定來自豪言壯語或掀天揭地的動作。

我感到挫敗、可悲，脫口而出：「妳怎麼沒告訴我？」（就好像我妹藏匿的祕密，或者我的一無所知才是當下最要緊的事，而不是它帶來的絕望。不過我想我可能只是需要轉移注意力，才能繼續逃避事實。）蕾雅的回應沒有任何情緒（這種無波無瀾的態度也是，比任何嚴厲的責備傷我更深）：「這五年來你都不在。」

我聽見鍘刀落下的聲音。

這些家庭事務和皮耶．威狄葉沒有任何關係。至少，我們內心的風暴不是他關心的重點。他又問：「妳知道她吃多久了嗎？」

蕾雅思考了一下後表示她不確定，「她會躲起來吃藥。」並為自己的答案作了解釋。又一次，我又無法阻止自己想像那個畫面了。為了不讓女兒擔心，也不惹怒丈夫，媽媽偷偷吞下藥後把它們放回盒子裡，藏進化妝包，匆忙關上櫃門，深吸一口氣，坐到浴缸邊上，最後在踏出浴室的那一瞬間強迫自己露出笑容。我想像著她的孤單和茫然，妹妹剛才那句話把我的傷口刺得更深：我都不在。

我的思緒開始被一些邪惡的問題纏繞。我還錯過了什麼？還有什麼事是我不知道的嗎？我的腳下還會裂開多少深淵？更重要的是，我怎麼會一點都沒有察覺？怎麼會沒有一點懷疑？

19

外公在憲警隊外等我們。

是我通知他的。威狄葉說：「需要的話，我們可以幫忙聯絡。」不過我想自己處理。電話裡我只說了必要的事實，事實本身就已足夠，在這種情況下，簡要就是最好的防護。而他的回應是沒有回應。他想必和我們一樣，受到打擊、震驚不已，但他立刻回過了神，知道當務之急是拯救還有得救的；比如我們。他低聲說：「我馬上到。」

他是從柏日哈（Bergerac）過來的。退休後他就搬到那裡去了。距離我們一個半小時的路程。事後，我想像這段路，駕駛座上的他目光呆滯，肯定心如死灰。應該找個人陪他的，但在那當下，我想不了這麼多。我想像他的掙扎。沒有人應該受到這樣的懲罰。

想當然，他也不能進去我們家。那裡的人要他到憲警隊等待孫子結束詢問。一開始他站在走廊上等，但憲警們忙碌的身影和只圍繞著案件的低語壓得他喘不過氣，最後他走到停車場，站在車旁等待。我看到他時，他雙手插在破舊的雨衣口袋裡，身子一如往常站得筆直。不過，我們走近他時，還是看到了那對紅腫的雙眼。顯然他是哭過的，狠狠哭過。我突然意識到，我從來沒有看過他這個樣子。在我心中，他一直是個和藹可親、衣著得體的人，總是站在收銀台後忙著找零，脾氣溫和，不怎麼引人注目。退休後的他脫下圍裙，搬到多多涅省（Dordogne），翻修了一棟小祖宅後住下來。他過著獨居的生活，從未想過再婚，一再聲明自己很享受一個人的日子。平日裡，他在自家花園種菜。他的女兒拿他那些番茄蘿蔔開玩笑，但他堅持那就是他要的生活。這樣的他，在夜暮低垂之際，站在停車場上，不知所措。不僅如此，他被悲傷籠罩著。二十五年前，他失去髮妻，如今，又失去了獨生女。還有什麼比這更糟的？

他親了我們的臉頰，抱著我們的手比平常還要用力。他什麼話也沒說。他知道，任何言語都是沒有意義的，甚至是荒謬的。

我想起他並不喜歡爸爸。他從未明說，因為他是個有教養的人，完全尊重女兒的決定。話雖如此，每個星期天的午餐時間他還是保持著一定的距離，像是有所保留；多年過去了，他還是沒能踏出這一步。我不禁猜想，他會不會這麼想：我從來沒相信過這個男人，他不適合我女兒！會不會在對凶手感到憤怒的同時，也為自己的沉默懊悔不已。我沒有問他。反正他也不會回答的。

他說第一時間已經在旅館訂了一間房給自己，另一間給我們。我們告訴他貝容太太願意收留我們一晚，而我們也答應了。我們不想離家太遠，想待在熟悉的環境裡。他表示可以理解。

不過，我們還是一起去了他下榻的旅館吃晚餐，而且用餐期間竟然對今天發生的事隻字不提。那件事當然占據著我們全部的心思，但要說出口還是太難了，特別是對他而言，更是折磨。總會有機會的。我們也試著聊日常瑣事，但總是無法持續，於是取而代之的是漫長的沉默。餐桌上唯一的聲音是叉子和盤子的摩擦。鄰座上有一對來這裡觀光的德國夫妻，對發生在我們身上的悲劇一無所知，偶爾會大笑幾聲。我忘了他們的無憂無慮是否為我們帶來一絲安慰，又或者相反，給我們殘酷的打擊。日子繞過了我們，繼續往前。這種感覺真是奇妙，同時也令人害怕。

20

那一夜，蕾雅和我，我們當然無法入眠。貝容家的孩子剛搬出去，我們就睡在他們的房間裡。

我坐在一張扶手椅上，張開雙腿，頭向前傾，雙臂擱在大腿上，這樣的姿勢足以說明我的沮喪。你們也許會感到不解，為什麼在母親被殺後，我的情緒竟是沮喪。正常情況下，不應該是悲傷至極，或是為這樣的情況感到驚愕不已，甚至是對這件駭人的事實感到憤怒、對父親的行蹤感到擔憂嗎？事實上，這些情緒也許都在我心裡過了一遍，最後留下的，是這該死的沮喪。這一切都太過頭了，太多的資訊，太多的第一次，太多打擊，我陷入混亂與驚慌之中，不安的情緒綑綁住我，我無法脫身。

而我妹，她沒有換掉衣服，躺在床上玩弄著手指。她的雙眼凝視著布滿行星與恆星的天花板。這間房間畢竟是給孩子的，孩子大了、離開了，只有星星留在原地。

一開始，我們就像在餐廳一樣，試著聊些別的事。如果我們談其他的話題，母親的死亡就不會纏著我們不放，就不會占滿我們的心思。這是一種生存本能，如果不這麼做，我們可能會被悲傷吞噬。除此之外，我們也想找回過去的習慣：每回我從巴黎回來時，我們都會找一個沒有人的地方，天氣若好，就在花園，下雨了，就在客廳。我們會詢問彼此的近況，詢問對方過去幾週發生的事。

蕾雅就讀「杜帕三」，也就是艾曼紐－杜帕迪（Emmanuel Dupaty）國中三年級的學生。若有人好奇，艾曼紐－杜帕迪是法國的劇作家，也是法蘭西文學院的院士。事實上，他是一位歌謠作家，晚年獲選為院士，同一年的另一位候選人為雨果（Victor Hugo）。因為他生於布朗克福，所以那裡有間學校以他命名。

這間學校對追求平凡的求學生涯、沒有學術野心、不期待登峰造極的學生來說再合適不過。蕾雅就是不打算登上巔峰的人。她甚至沒有跳脫現狀的夢想，沒有律師夢或醫師夢。高中畢業對她來說已是遙遠且未知的目標。她唯一關心的，是進國中時認識的兩個朋友，克蘿艾和瑪儂，三人幾乎形影不離。

事實上，她先跟我提起的不是學校的課，不是老師、成績或最喜歡與最「厭惡」的科目。不，她第一個提到的是這兩人，因為她們的機靈、坦蕩和無畏吸引著低調、自卑的她；因為她們對YouTube上發生的事、社交媒體和真人秀節目瞭如指掌，而她只有一支史前時代的手機和一個一再保護她不被網紅迷惑的母親；也因為她們會化妝，敢於穿上性感裝扮，而她還停留在牛仔褲和老舊的寬T。身為她哥哥的我，很高興她有這樣的朋友，但我也和母親一樣，更希望她不要被這個強調外表、沒有底線和走捷徑的時代吞噬。

那一晚，蕾雅提到克蘿艾買了一件短版上衣，用來露出臍環，而瑪儂則看上了一個滿身刺青的男子，這個叫凱文的肌肉男參加一個節目，在有游泳池的別墅招搖。那一晚，我忍住沒有告訴她，這一切都是浮光掠影而已。她完全有權追求膚淺和表裡不一的行為，特別是想到她現在承受的那份甚至可能將她拖進深淵的壓力後，更無法阻止她了。

21

她反問我：「歌劇院的生活怎麼樣？」

雖然我還只是五十個群舞者[3]之一，但也已經多次登上大舞台，特別是《吉賽兒》（*Giselle*）、《神殿舞姬》（*La Bayadère*）和《仲夏夜之夢》（*Le Songe d'une nuit d'été*）這些芭蕾舞劇。而且我正在準備晉升獨舞者的考試。我為此付出了不少心力，也準備了很長一段時間。

其實，我自八歲起就在波爾多的音樂舞蹈學院裡學習，六年後，在老師的鼓勵下，參加了巴黎歌劇院舞蹈團的入學考試。

第一關考試約有五百人參加。首先是體適能審核，他們要確保學生的身材比例適當，肢體能夠平衡發展。接著是術科，要遵循評審的指示，做出指定的舞步和動作，就跟電影《舞動人生》（*Billy Elliot*）裡演的一樣，之後再用自選曲展示一段舞蹈。我和電影裡一樣，以為自己搞砸了，走出考場就對我媽說：「沒戲了。」

她垂下眼，開始想像回家後要面對爸爸的指責。爸爸從我確定志向那天起就抱持著反對的態度，他一直是反對我進音樂舞蹈學院的，總是說著那句被說爛了的話：「這是娘兒們才做的事。」最後還是因為媽媽懇求，他才勉強答應。我想，大概是因為這麼一來，他也會得到好處。我進學院後，他就不用再擔負父親的職責，可以金盆洗手了。之後，他就只是站得遠遠地看著我，從不過問，也不曾表現出對我的事有任何興趣。這個話題就像禁忌，從不會在餐桌

3 譯註：巴黎國家歌劇院芭蕾舞團的舞者共有五個等級，包括明星舞者（étoile）、首席舞者（premier danseur）、主舞者（sujet）、獨舞者（coryphée）和最低階的群舞者（quadrille）。

上提起。每個人都裝作沒有這回事。偶爾有些朋友敢於詢問我特別的志向，他會聳聳肩，用一句我某天不小心在門後聽見的話含糊帶過：「我也在想他真的是我兒子嗎？」媽媽跟他說我想參加入學考試時，他大聲吼叫，我們有那個經濟能力嗎？別人知道了會怎麼說？如果只是一時的興趣，那還說得過去，但要以此為生，又是另一回事了。可是最後他還是讓步了。認真一想，他的理由糟得不能再糟：他發現我要是成功了，就會搬到巴黎，搬離這個家，這麼一來，他就能完全擺脫我了。然而，這就表示如果沒被選上，我得像個喪家犬夾著尾巴回家，忍受他的冷嘲熱諷和輕蔑，媽媽也要接受他的責罵，甚至是嚴正的指控。最後，我被錄取了。

因此，我在十四歲那年離開了原生家庭，加入另一個大家庭。一個遙遠的人家。

我在學校學了很多種舞：當然有古典芭蕾，還有當代舞、現代爵士、民俗舞蹈、巴洛克舞蹈，也學了默劇、喜劇、體操和解剖學。聽起來很不錯，事實上也還可以。然而這裡的日子也像地獄。我們必須反覆練習，直到精疲力盡，直到受傷才停下；我們的身體承受著疼痛。我們受鐵一般的紀律約束，不允許有任何放鬆的機會或偏差。我們承受著巨大的壓力，無止境的評估，每一年都要審核一次，沒有重考的機會，失敗了就回家。我們的心裡只能想著這些，沉溺於此，沒有位置分給其他的事。大多數的人都聽過這樣的故事。千真萬確。不過也不怎麼正確，因為實際的情況更糟。

十八歲那年，我通過了舞團的考試（對我們這些小舞者來說是最後一個障礙），以實習生的身分加入舞團。

一年後，我們參加升等考試，從此成為這個菁英團隊的一員。我實現了我的目標。

然後，我接到了這通電話。是我妹打來的。

在那個滿天星辰的兒童房裡，在那搖搖欲墜的屋子、那包裹著我們的夜色中，她問我：「歌劇院的生活還好嗎？」我只簡單地回答了：「還好。」

22

可想而知，我們製造出來的假象很快就破滅了，我們再次被今天發生的可怕事件吞噬。

是我先把話題挑開來的。

我覺得蕾雅準備好拉開距離了，是她的意志在努力，她擁有這種力量，或者更準確地說，她經歷了那麼大的震盪，根本不想再來一次，於是從巨大的創傷裡長出了堅定的決心。

反倒是我，我完全無法抽離。我在想，距離必然是有益的，能讓我們遠離痛苦的核心，只是我不知道該如何保持適當的距離，創造適當的幻覺。也許這種方法根本就不存在。

我抓準時機問了那個自從接到電話後就一直困擾我的問題，一個我急於解開的疑惑：「妳知道為什麼嗎？」出乎我意料，蕾雅只用幾個簡潔的字輕易地說出了殺人的動機：「媽媽決定要離開他。」

要知道的是，媽媽之前已經離開過一次了。兩年前。最後媽媽留下來了，是他離開了兩人的家。他們達成共識要「暫時分開」一陣子，就像他們反覆叨唸的，「是為了理清狀況，想清楚我們要什麼。」爸爸當時搬到他妹妹家住了幾個星期（低調行事，不能落人口實）。

他們當時向我們宣布這件事的情景歷歷在目。那個週末我特意回家一趟。他們應該是在等我。我們聚在廚房裡（兩年後，同一個地方發生了那件慘案）。媽媽和我們坐著，爸爸站在一旁，看似嚴肅卻又勉強擠出一些玩笑話，就像梭特[4]電影裡的尤蒙頓[5]，展示他在這個家的權威與一家之主的地位。只不過，從他的態度——他的小動作和不耐——中，可以看出他在強忍著情緒，勉強自己接受當下的情況。而他被迫打包好的行李更加證實了我們猜想。媽媽是怎麼做到的？他是不是做得太過分，過分到覺得自己糟糕、差勁？她是不是威脅他要永遠離開了？我們無法得知。她什麼都沒說，只是靜靜地聽他反反覆覆表達「其實相愛的兩個人，有時更需要一點喘息的空間」。

我們沒有時間反應。有時候，我們當然也會感覺到氣氛緊張——父親「情緒緊繃」，母親「準備防禦」——但我們以為這是夫妻生活的日常，不會持久。

事實上，父親從那時起開始表現出偏執。他想像母親背著他「有了其他男人」，要她交代所有行程、明目張膽地翻查她的手機、責怪她衣著過於暴露。

一開始她還堅決否認，後來，她開始用靜默表達自己的清白，慢慢地，她學會了在他發怒時保持沉默，變成一座雕像，連一根指頭也不動，靜靜等待風暴過境。事情最終都會平息。

他們會在我們看不到的時候起衝突。在我們面前總是強忍著，演著戲，不讓我們看到兩人不和的畫面。儘管如此，還是會有一發不可收拾的時候，總是父親先挑起，空氣裡產生電流，氣氛突然變僵，不安的情緒蔓延開來，我們兩個孩子會感到尷尬。我們不想要面對他們的不和，便會裝作沒注意到，等待一切恢復正常。生活總會變得正常。

這也是我們在得知他們要「暫時分開」感到驚訝的原因。我們一定是瞎了眼

4 譯註：Claude Sautet，法國導演，擅長以生活化的主題探索人生百態。主要作品包括《生活瑣事》（*Les Choses de la Vie*）、《今生情未了》（*Un cœur en Hiver*）。

5 譯註：Yves Montand，義大利裔法國演員與歌手，與梭特合作的電影為《她與他們的愛情》（*Cesar and Rosalie*）。

才看不見。或是不敢看見。特別是我。

一個月後，她同意讓他搬回來。我們始終不知道他們是怎麼和解的。似乎是他先道了歉，把手放在心上掛了保證不會再犯，也不會再懷疑她。她假裝相信他。我想，她是盡了一切努力要維持這一切，包括婚姻、房子、家庭、這個家。

儘管如此，最後，她還是「決定要離開」了。

23

「她跟妳說的嗎？」

「她要我做好準備。」

我記得這句近乎軍令的話給我帶來的衝擊：做好準備。意味著她已經考慮了一段時間，並做出決定，只是在等待合適的時機，或是不那麼糟的時機。她可能已經買好火車票，或公車票，找了一個住所，一切都安排好了，不是隨心所欲。可是為什麼遲疑了，為什麼沒有馬上就走，帶上女兒一走了之？如果她當時就離開，也許現在還能活著。她是期待事情會有轉機嗎？是在邁出那一步的瞬間猶豫了，遲疑了嗎？還是在等待一個答案，等待綠燈亮起，等待某個人，某個第三者，某個朋友或律師？

「發生什麼特別的事嗎？她為什麼會想走？」

「巴掌。他給了她一巴掌。」

這個簡短、直接的答案擊潰了我的內心。看過用炸藥拆除的大樓是如何坍塌的嗎？就是這種感覺。在我身體裡。

蕾雅接著說了下去。

有天晚上，他給了她一巴掌。當時，他們在客廳裡吵架。妹妹關在房間裡，沒有直接目睹，所以不敢百分之百肯定，不過她覺得八九不離十。他們爭論的內容被層層阻隔扭曲、變形，但她仍輕而易舉地抓到了重點，他在罵她。雖然他給過承諾，卻還是責怪她的視線在一個男人身上停留太久。那天晚上，他下班後繞去接她。通常他會假裝是要給她一個驚喜，說得好聽是開車接她，避免她淋雨走路回家，實際上是為了監視她。他不願意讓她在沒有人監視的情況下待著。店裡有她的父親，家裡有他，那兩者之間呢？這段路上，任何事都有可能發生。她並不傻，早就看透了他的把戲，也默默接受了。只不過那天晚上報刊店打烊後，她遇到了正好路過附近的老同學，是她高中時期經常往來的朋友，只是後來斷了聯繫。和老友重逢的她非常開心，感覺就像重新和她的青春期與年少時光建立了連結。更不用說那人是個活寶、一群人裡的氣氛製造者。他一點也沒變。就在他告訴媽媽他在比亞里茲（Biarritz）開了一家汽車經銷時，父親走進店裡。她一眼就看到了他必然要爆發的怒火，趕緊找了個藉口向老同學告別，那人肯定對她態度的轉變感到驚訝。回家的路上，他們都沒有開口；用餐時也沒有。蕾雅感覺到氣氛凝重，知道一定發生了什麼事，但她早就習慣不多問了。等蕾雅上樓進房後，他就挑開了那個話題。那一晚，她反擊了。她

24

蕾雅說他們後來還吵了幾次，幾乎都繞著同一個話題。劇本一直是同一個：他刻意找碴，她假裝沒聽見，轉過頭繼續忙其他事，洗碗、打掃，但他堅決不放，愈逼愈近，甚至太近了。他要宣誓主權，展示一家之主的地位，確立主僕關係，宣告這個家的人該效忠於誰，該尊重誰，直到他受不了她的默然和刻意忽視時，就送上一巴掌。隨後，他會立刻道歉，說那並非他的本意，他也不知道自己怎麼了，是她逼他的，然後他繼續道歉，語氣愈來愈重，內容愈發誇大，然後又一次歸咎於她，而他才是這個故事裡的受害者，也許他戴了綠帽，總之他沒有受到重視，外人都在背後笑他，這些人以為自己是誰？以為他看不見、聽不到嗎？被這樣看作可憐蟲是多麼羞恥的事，所以他的手才會不由自主地伸出來。（如果有人要他解釋，他肯定會說「是手自己伸過去的」，那巴掌是自己摑上她的臉的，是吧？）他需要發洩的管道，需要擺脫加諸在他身上的壓力。有時他甚至會崩潰落淚。蕾雅清楚地聽見他在哭泣，「最糟的是，他的情緒好像是真的。」而媽媽會心軟原諒他，至少也會放他一馬，用微弱的聲音說：「沒關係。」把他當孩子一樣安撫，止住他的淚水。

實在太可怕了。

偶爾也有幾次是為錢（因為她「花錢如流水」）、為我的學業（「妳兒子的任性花掉我們大半的錢，妳可以解釋一下嗎？」）、為家裡的整潔（「住在豬圈裡妳也無所謂嗎？」）或為了沒有及時準備好的餐點（「我辛辛苦苦工作，回家還得等妳煮飯。」）吵架。他總是可以找到藉口責罵她。他就是要有個藉口，什麼都好，只要能吵，只要能引發對戰就好。他被自己的偏執、嫉妒和自戀淹沒。同時，也被遭受遺棄的恐懼支配。這個事實不由得忽略。

問題在於，這件事是無解的，而且也不會有結束的一天。因為她沒有做錯什麼，自然就無從改過，也無從化去他的怒氣，無法給予任何承諾，什麼都不能做。儘管如此，她還是會唯唯諾諾地安撫他，像個真正有罪的人一樣對著他發誓。她都做到這個地步了，還是不夠。他注定不會有滿足的一天，心裡的洞注定無法填滿。

蕾雅說完後，我又問了她那個在憲警隊時問過的問題：「妳怎麼沒告訴我？」我的不在場不能完全解釋這件事。她這才告訴我，是媽媽不准她說的。媽媽猜到她知道發生了什麼事，多少對當下的狀況有一點想法，因為她無意中也聽到了吵鬧聲，聽到戛然而止的聲音，看到匆忙中拭去的眼淚和急著掩蓋的手臂瘀青。所以某一天她才決定踏出一步。她當然沒有坦承一切，也沒有承認任何一件事，不能在孩子面前，更何況是自己的孩子。她只是要求蕾雅保持沉默，保守祕密，「以天為證，以地為憑」；她強調是信任的問題，而且家醜不該外揚，這種事跟任何人都沒有關係，就算告訴我了「也無濟於事」。我是被流放的哥哥，很幸運能走出這灘爛泥，還有其他的事要忙，有更重要的事要處理，有考試要準備，不應該拿「這種事」煩他。她用了「這種事」來形容拳打腳踢，形容家庭暴力和丈夫的控制。她沒有用具體的詞彙形容，沒有明說，卻也都說了。妹妹接受了她的說法，即使那裡面隱藏了很多深淵，她也接受了「這種事」。

25

另一個疑問隨即浮現。我反覆問自己：「儘管她刻意隱瞞，儘管有緘默法則[6]，儘管我離得很遠，但怎麼可能什麼都沒看出來？肯定有過一些徵兆，即使是微小的線索，即使難以辨識。肯定有的。

就在那個被夜色包圍的兒童房裡，有些事開始回到我的腦海，就像從深海裡浮上來的氣泡在平靜無波的海面上爆開。有些事在發生的當下我不以為意，如

6 譯註：omerta原本是義大利語，指的是黑手黨的成員不會對外人或警察透露任何犯罪活動資訊。在這裡指的是對家庭暴力緘默不語的社會習慣。

今回頭看，卻集合成一幅鮮明的畫面。

首先是她穿衣服的方式。媽媽以前是個講究打扮、注重外表的人。她總說，因為她的工作要接待客人，所以不能「邋遢」。事實上，她完全可以坦白穿好看的衣服、展示她完美的身材比例讓她感到快樂，更何況她的身材也沒有受到妊娠的影響。不過，這樣的她近來卻只穿寬鬆的衣服、鬆垮的毛衣和過大的褲子。她對丈夫言聽計從，不再去煽動男人的慾望。她也放棄了自己，不再有打扮的勇氣。這種轉變我注意到了，只是出於禮貌與分寸沒有提出來。後來我又想：我在週末看到她（週間我不在），要穿什麼衣服都是她的自由。

她也不再化妝了。以前的她，喜歡在嘴唇和頰骨上塗一點胭紅，或者畫一點眼線，但這些她都放棄了。我當時應該是這麼想的：這跟年齡有關，過了四十歲你就不能再像二十五歲那樣了，若不是回歸樸素和簡約，很快就會變成那些上濃妝、被人嘲笑的女人。或者，更有可能的是，我什麼想法也沒有。

她瘦了。我向她說過這件事。她用開玩笑的口吻回答我：「我開始注意飲食了，我得小心吃進去的東西，否則增加的重量永遠減不掉了。」我聳聳肩，表示我對她的說法和她注意飲食的方法不贊同。她對我笑，然後就換了另一個話題。

還有這件事。有一天，爸爸對她的工作發表了一些很刺耳的評論，說她的工作不算真正的工作之類的話。她沒有反應，我替她回應了，我覺得有必要反駁他，這是一份需要和人接觸的工作，很累人，而且確保我們生活無虞。當我提到賣報刊書籍是很有用的工作時，他笑道：「還有刮刮樂和香菸。」這番話似乎是暗諷她鼓勵人們成癮，甚至是致癌。這句話讓我感到火大。但她卻沒有任何反應，毫無抵抗之意，這種態度激怒了我，可是實際上它應該要讓我提高警覺，察覺她不太對勁。

這件事更顯著了。從各方面來看，她都變得黯淡無光。她變得蒼白、平凡、憂鬱，跟曾經的那個她完全相反。一直以來，她都是個開朗、活潑、神采飛揚的人，但這些特質卻漸漸隱沒、消散。不過，因為不是一夜之間消失的，所以可能難以發現。她就像蠟炬成灰般沒有了光。後來還是一位久未見面的朋友在我們面前提出這件事，我才承認她是對的。因為一個外人的目光、一個第三者的說詞，我才意識到這種緩慢卻根本的變化。媽媽立刻回答：「你知道的，我工作很多。而且我不再是二十歲的女孩了。」我買了她的帳。更糟的是，我沒有擔心她，反而輕聲催促她振作。她的朋友向我投來冷酷的眼神，當時我並沒有放在心上。這一晚，在貝容太太的房子裡，這個眼神清晰地浮現在我腦海。

26

「其他人呢？他們也都沒有察覺到什麼嗎？」

「誰？」

「鄰居、他們的朋友、我們的阿公阿嬤、姑姑……」

我這麼問是因為對這件事的盲目讓我感到困擾（那時它才剛開始纏上我，我根本不知道它會一直糾著我不放）。怎麼可能有這麼多人都「視而不見」呢？

我需要知道，是否有人本來可以阻止這件不可挽回的事發生，我們之中，是否有許多人犯了不該犯的疏忽，或者我們是否都被同樣的假象欺騙了。若是第一種情況，我至少有個可以發洩怒氣的對象。第二種情況我可以稍微擺脫正在侵蝕我的罪惡感。而第三種會讓我覺得不那麼孤單。然而，仔細一想就會明白，所有的希望都是徒然。尋找一個代罪羔羊是荒謬且不健康的，唯一的罪魁禍首是爸爸。分擔過錯的念頭是一種妄想，不是因為其他人和我一樣對這件事冷漠或盲目，就意味著我可以免責。如果我能卸下所有責任，突然從愧疚與羞恥之中解脫，那才是意料之外。然而事實是，我有預感，這份內疚和羞愧會像一個囊腫，深植在我心裡，逐漸擴散。

「我不知道。總之他們什麼都沒說，什麼都沒做。」

蕾雅這句話並不是刻意指控，也沒有惡意，但聽起來就像是在宣判刑罰。她想說的可能是，那些人是因為不知情才沒有採取行動，只是我們聽到的是怪罪和譴責。

這些譴責也未必沒有道理。事實上，我們是什麼都沒看到，還是什麼都不去看呢？我們是沒有自覺，還是試圖和自己的良知妥協？當良知發出警告時，我們是不是找了藉口安慰自己？「我以為……我幻想……如果真的有什麼問題，她會告訴我的……我不應該干涉他們的隱私，因為我也不希望他們干涉我的……」事後，真相大白了，真相就在我們眼皮下，可是我們卻未曾察覺。這時候我們還可以安慰自己：「他們藏得很好，特別是他，當然是他，他操縱了我們……而她，無論如何，她都不會表現出來的……」甚至會下一些結論：「我們無法想像那些無法想像的事……」

蕾雅一直躺在床上，眼睛盯著天花板上的假星空，顫抖著說：「不，唯一看到的人，是我。」

那一秒，我跳了起來，站到床邊，居高臨下看著她。我用堅定的語氣對她說了連我自己都感到驚訝的話：「妳沒有做錯事。一點也沒有，立刻把這個念頭從妳的腦海中趕走。」

她在驚訝之餘，立刻接受了我的命令。她說：「好。」這個答案更多是為了讓我開心，而不是她真的決定要聽我的話。

話說回來，我是不是給她下了一道連我自己都做不到的命令？

27

我坐到床邊，回到她剛才提到的事，媽媽決定離開的事。我問：「他知道嗎？」這裡的他指的當然是爸爸。妹妹轉過身對我輕聲說：「我覺得這就是她今天早上跟他說的。」

這句話讓我啞口無言。

我當下想到的是：原來這就是讓他伸出報復之手的原因。不僅是他那病態的疑心，不僅是他無來由的預感，而是因為聽到她要遠離自己，過一個沒有他的生活。這個消息對他來說如此難受，讓他失去了所有理智和自制力。

然而，我們不能搞混了：突如其來的瘋狂不能解釋這一切——從那一刻起，我對此深信不疑。不，他一定是被心裡某個扎根的念頭推動，才會認為自己有權利決定妻子的生死。他施加的暴力證明了這一點。逃跑也是。他本可以立刻投案自首，坦承罪行，接受懲罰，但他選擇了逃避。而且即使是在盛怒之下做出這種事，在我眼裡也不構成減輕他罪責的理由。

「他們的聲音很大。這一次他們似乎不在乎我聽不聽得到。然後她突然說出了那句話。她嘶吼著：反正我要走了。感覺她原本沒有打算說的，至少沒有打算用這種方式、在這種時候說。但他逼得她沒有退路，不得已丟下重話。她想要威脅他，你知道的，她想讓他閉嘴，可是他卻理解成她已經收拾好行李了。」

聽著蕾雅的敘述，我猜想這場悲劇的觸發點可能只是一件小事。如果媽媽沒有威脅他，爸爸可能就會放過她了。可是緊接著我又回到心裡那個逐漸鞏固的想法：無論如何他都會殺了她，最終都會殺了她。只缺一點火花就可以點燃引信。這第N次的爭執在一個被逼取的供詞下結束，注定成為那一點火花。今天不點燃，遲早也會有另外一個火花出現。活在這樣的恐懼之中，我們只能盡力找到安慰自己的方式。

也是在這段敘述中，我突然想起她其實目睹了一場命案。從她那通電話開始，發生了一連串的事情，我在震驚與沮喪之中，幾乎忽略了這個事實。它在這個時候撲面而來。我的妹妹，可憐的妹妹，僅僅十三歲就看到、聽到了他們負面情緒積累、怒火爆發再到犯下慘案的過程。於是，我做了一件從她六歲以後就沒有做過的事。我躺到床上，靠在她身邊，緊握著她的手，一句話也沒說。她回應了我，緊緊抓住我的手。

一段時間後，我才開口說：「妳必須跟憲警說。」

聽了這句話後，她以為我在責備她，便開始向我解釋為什麼下午面對皮耶・威狄葉時一句話也沒說：「我想先跟你說。可是從你回來到現在我們才有獨處的時間。跟這些事最有關係的人應該是我們兩個吧？」

我差點回答她，一起令人髮指、引發群情激憤的凶殺案超出了我們可以關注的範圍，和所有的人都有關係，包括那些處理這起案件和對它感到好奇的人。它是一起公共事件，我們無能為力。但我終究沒有說出口。因為她說得對：跟這些事最有關係的是我們。它們甚至決定了我們未來的生活樣貌。

28

然後，我們都沒有說出口，但在這朦朧的夜色中，我們同時感覺到，有必要聊聊她。她，我們的母親。我們不是要聊一個死去的女人、一個慘遭殺害的女人、一個調查對象，而是要聊聊她活著的時候在我們心裡的樣子。那一瞬間，我們突然感覺到需要把深陷混沌中的我們拉出來，為此，我們必須回到過去的時光，證明我們曾經和她一起度過幸福的日子，證明她是個好人。這才是應該留在我們心裡的。其他的事、犯罪現場的畫面、迴盪的爭吵聲、漫長的司法程序和無止境的哀痛，這些都應該先放到一邊。

我也不知道為什麼，第一個湧現的回憶竟是蕾雅想起媽媽和我一起做點心的情景：那是個星期天，媽媽唯一不工作的日子，我們慎重其事地站在廚房的桌子旁，桌上擺著一個沙拉盆、蛋、牛奶、麵粉、奶油、糖、泡打粉、用來打發蛋白的打蛋器，如果要做蘋果派就會有蘋果，做慕斯時就會有巧克力，做起士蛋糕就是奶油乳酪。我很專心，她很開心，蕾雅則是目不轉睛地看著我們。這天晚上，她說：「我真的很喜歡看你們做事，比表演還好看。」她的話逼出了我的淚水，但我立刻擦乾了它們。她接著說下去，好像什麼事都沒有發生：「不過，我最喜歡的還是你們做可麗餅的時候，她會幫你一起翻面。」我立刻想起這些時刻我們的默契。現在想起來，都是一些微不足道的時刻。我太晚才明白，這些時刻才是最珍貴的。

我說：「妳喜歡幫她梳頭髮。」她會命令媽媽坐在一張餐椅上，媽媽會坐在餐廳的其中一把椅子上，欣然順從，久而久之，就變成了一種儀式。「我從小就想當髮型設計師，所以才會一直練習，懂吧。」最近她改變志向，想當護士了。她沒有注意到的是，在放棄自己童年夢想的同時，也放棄了與媽媽的親密時刻。我們還想到去阿卡雄郊遊時，我們會帶著毛巾、陽傘，在那裡待上幾個小時。她喜歡曬太陽，但總會小心防曬。我們同時想到在她手臂上、鼻梁上擦防曬乳液的情景，爸爸會在旁邊說風涼話，說那些東西沒有用，根本不會曬傷。說完就直接跑進海裡。如果我們表現很好，就可以買西班牙炸油條或冰淇淋。我們大口吃掉點心時，她會看著我們吃，臉上掛著一抹微笑。我們想起了這個淺淺的笑容。

我記得第一次去舞蹈學校是她帶我去的。我當時剛看完《舞動人生》，一心想和比利一樣[7]。我本來都準備好求她了，她卻淡淡地回答：「親愛的，如果這是你想要的……」（她叫我親愛的；不是她丈夫，而是我。）她一直在教室樓下等我，看到我出來時，她的眼睛和我的一樣閃閃發光。

蕾雅記得媽媽晚上幫她寫作業。因為爸爸會跟朋友出門喝一杯，我當時也已

7 譯註：《舞動人生》的主角是Billy Elliot，同時也是這部電影的原文片名。

經搬到巴黎，所以晚上經常只有她們兩個在家。闔上作業簿後，她就會轉開收音機，調到一個音樂電台，有時會一邊準備晚餐、一邊跳舞，沉浸在席琳・狄翁或ABBA的音樂裡，隨著它起舞、變身。蕾雅開玩笑地說她太興奮時，她會說：「我好想念以前跳舞的日子。」

我顫抖著接著說：「還有我向她坦白我比較喜歡男生的那天。」那是一個春日的星期天，我們在客廳，她在燙衣服，我當時躺在沙發上發懶，突然間，我就說了：「妳記得里奧嗎？我跟妳提過這個人。其實，我想我愛上他了。」在那之前，我當然已經仔細思考過了。我得出一個結論，如果我用一個愛情故事說出來也許會比較好。只是，那個故事不是我想出來的，里奧和我真的在搞曖昧，幾天後，我們就真的談起戀愛了。我們當時十六歲。她停下手邊的動作，熨斗在空中冒煙，沒多久又繼續熨燙，好像什麼事情也沒有發生一樣。她只用了短短幾秒鐘消化訊息。然後說：「能夠愛一個人真是太好了。」還有比這個更完美的回應嗎？儘管如此，我還是要確認她真的把這則重磅訊息消化掉了，於是向她投去疑惑的眼神。她的回答出乎意料：「你知道，最近店裡進了一本關於詹姆斯．狄恩[8]的特刊，我前幾天翻了幾頁，我也不知道為什麼會對他有興趣，他又不是我那個年代的人。也許是因為封面上的照片吧，總之，裡面提到他的母親為他感到驕傲，因為他和其他孩子不一樣。跟你說，我當時覺得，我也和她一樣。」我忍住了淚水。她燙完衣服後走過來坐到我旁邊，輕聲說道：「別告訴你爸爸，我覺得，這個祕密最好只有我們兩個知道。」然後她摸了摸我的頭髮。

我們用盡力氣回憶，一件又一件把它們撿回來，最後終於睡著了。隔天一早，我們被電話鈴聲吵醒了。是皮耶．威狄葉打來的。逃犯剛剛被抓到了。

---

8 譯註：James Dean（1931-1955），美國男演員，天才型的巨星，叛逆少年的代表。熱愛賽車，二十四歲時就因超速撞車身亡。代表作包括《養子不教誰之過》（*Rebel Without a Cause*）、《巨人》（*Giant*）、《天倫夢覺》（*East of Eden*）。

29

天才剛亮，憲警就在城市邊上的一個機倉裡抓到他。附近的居民發現多年來一直扣著的生鏽鐵鍊被弄斷了。那是個廢墟，當地人都不解為什麼一直沒有被拆除。那名婦女出於好奇推開門，看到一個男人蜷縮在角落裡睡覺。是他衣服上的血跡讓她心生警覺。她立刻跑回家，上網搜尋昨天地方報紙上提到殺害妻子的那個人的相片。就是他，毫無疑問。她撥打了一七，十五分鐘後一支小分隊來帶走他。他沒有反抗。他被逮捕時被拍了一張相片，不知道是誰拍的。

然而，我一直沒辦法忘記他沒有投案。他本可以在良心的譴責下自動投案的，但他選擇躲藏起來。起碼可以承認他之所以逃跑是出於絕望，因為躲在一個距離案發現場不到五公里的鐵皮屋裡，根本沒有什麼希望可言。無論是他的逃跑或逮捕都顯得如此可悲。一個平庸之人。

被帶到指揮官辦公室後的他，先是一副癱懶的模樣（後來有人告訴我們的），像個酒鬼，或說是「流浪漢」（這個比喻我一直記得），直到被強制要求清醒才突然挺直身子。那一刻，他終於意識到必須為自己的行為負責。他總算必須說出自己犯下的錯誤，詳細地描述它，並承擔責任。在那之前，他只是在逃匿期間思考這件事，像個懦夫一樣，唯一的目標是給自己找一個理由，一個至少可以減輕罪責的理由。但指揮官沒有打算看他扮演受害者，也沒有為他的事動容。一名女性去世了，這是一件嚴肅的事，一件非同小可的事，沒有容許演戲的餘地。

皮耶・威狄葉直接切入重點：「您承認昨天早上殺了妻子嗎？」爸爸先是點頭示意，但刑警命令他一字一字清楚地說。他要的是正式認罪。爸爸聽從了命令。他有選擇的餘地嗎？

威狄葉繼續訊問凶器的下落。爸爸丟了它。他試圖迴避：「我不記得了。」威狄葉沒有放過他：「我認為這種細節不可能忘記，我等……」坐在椅子上的被告顯得惱怒了：「我告訴你我不記得了！」（我聽到他這句話時，想像他一定是把刀丟在路邊或建築工地邊角，也可能是在田裡，想像有一天，會有個人看到它，也許是個孩子；刀上還殘留著媽媽的血。）

接著，威狄葉要求他說明犯案動機。那一刻，他突然僵住了，一句話也說不出來，眼神空洞（指揮官轉述這一幕時用了這個詞）。最後，他才抬頭說：「我想跟律師談談。」

30

我把電話拿開，對蕾雅說：「他想見我們。」

我忘不了她看我的眼神中充斥著恐懼。彷彿他也會對她做出對媽媽做的事。這種恐懼當然毫無根據，也毫無道理，但又有什麼關係呢？要緊的是，我第一次窺見她的創傷有多深。她的眼神說明了一切。

我把電話放回耳邊，對他說：「我們不想。」

不需明說，我們都很清楚，我們兩個不會單獨行動，我們會站在同一立場一起面對挑戰、相互支持。再說，我也不願意面對爸爸。他用雙手奪走了媽媽的生命，他把她砍倒在血泊之中。而且我絕對不會順從他任何的要求：我們不欠他任何東西，一點也不欠。

（順帶一提，神奇的是，突然之間，我們覺得不再對他有任何義務，不再需要對他言聽計從，不再欠他什麼了，債務——如果父母的養育之恩構成任何債權的話——都已消失，我們就像從冰原上脫離的冰塊，他的行為解放了我們，讓我們自由、解脫。也許是第一次，我們擁有自己的決定權和選擇權。至少，我們是這樣想的。）

然而，不得不承認，從另一個角度想，我也很想滿足他的要求：哪怕只是為了當著他的面表達我們最終的譴責，讓他知道，他已經徹底被我們摒棄了。

（因為在那一刻，我們對他所有的愛——我們曾經愛過他，那是正常的事，沒有必要否認——都已消逝殆盡，取而代之的，是怨恨、是厭惡、是嫌棄。只是我們並不知道，親情無法隨手一揮就抹去，總會留下一點什麼；這一點之後再說。）

威狄葉嘗試說服我們：「我可以理解你們的立場。可是我也要坦白說，這麼做對我們有幫助。我覺得可能只有你們，只有面對你們，他才有辦法說出事情發生的經過，而他的自白能幫助我們找到真相。」

我反駁：「真相？我們都知道了。而且他也承認了，你們還想要知道什麼？」

他提出案件發生的具體情況、時程、凶器和犯案動機。但我一點也不在乎，我眼裡只看得到痛苦和無止境的恐懼，我們需要的是阻止自己繼續墜落。我明確表達了拒絕。

他駕輕就熟地祭出心理戰：「你們不可能永遠逃避，必須經歷這個過程才有可能開始哀悼。」

（這種老掉牙的話真可怕，我早就想過會聽到，只是沒想到它來得比我想像的早。）

他或許是對的，但太快了，實在太早了。

於是，他加重了威脅的語氣，展現出我們不曾看過的一面：「您知道，我們可以強制進行面對面的質問……」

我回答他：「隨你們。」隨後掛斷了電話。

蕾雅看著我。對我說：「你沒有叫他爸爸……」

「什麼？」

「你沒有說：爸爸想見我們。」

她點出了一個很根本的問題。從今以後，我們要怎麼叫他？怎麼稱呼這個人？

我抱緊了坐在床邊的蕾雅。她渾身顫抖。

31

這個早晨，我們的餘生開始倒數（這種說法或許老套，也很悲觀，但卻又準確得令人無法反駁）。天色灰茫。天氣預報顯示午後將會降雨。

正當我們準備沉浸在震驚與悲傷之中時，現實卻迎面而來。一個平凡且實際的現實。

首先，我們撞上了一扇緊閉的門。一開始，我們天真地以為，媽媽的遺體送到停屍間後，我們就可以回家了。事實正好相反：房子被封了。第一次見到皮耶·威狄葉時，他就提過這件事，只是當時我沒有特別在意。當時的我所有的心思都放在剛發生的事上，也可能是我認為他們只會封鎖發生命案的廚房，而且只是暫時的。後來才發現，我們不能回自己的家了。而且，為了確保沒有任何疑義，警方還派了一名憲警在花園前站哨，用不容置疑的語氣禁止我們進入，也不允許任何反駁。

我們三人，蕾雅、外公和我，只能無助、可悲、絕望地站在我們童年的小屋前，那一步成了最遙遠的距離。我們不僅失去了至愛，現在還被剝奪財產、流落街頭。我得說清楚，他們不僅沒收了我們的牆，更帶走了我們的生活、我們的回憶，帶走我們一直以來的日常，就好像連童年時光也應該要抹去一樣。說得實際一點，我們連個人物品和衣服都不能拿。我們不知道的是，這項傷人的、荒謬的禁令還會持續無數個月。

外公最先回到現實：「我們去勒克萊爾[9]。」這句話讓我們大吃一驚，跟當下的慘況格格不入，跟這場荒謬的剝奪形成極大的對比，可是卻帶來了理性。

所以我們坐上他的車往大賣場開去。我還記得我們推著購物車穿過無人的走道，在廣告聲的伴隨下，重新看那些基本民生用品，我們買了T恤、毛衣、牛仔褲、內褲、刮鬍泡、洗髮精、沐浴乳、牙刷，這些用品能讓我們的日常生活維持運作。

帳是他付的。反正，我們兩個是身無分文。蕾雅沒有銀行帳戶，而我的帳戶早已經透支。我想知道如果沒有他，我們怎麼辦。答案很簡單：一點辦法也沒有。

我們還在停車場收拾後車廂時，他就提醒我們還有件一定要處理的事：該想想葬禮怎麼安排了。我指出在法醫沒有批准前，我們無法確定任何日期。他立即表示我們還是可以先去殯儀館，選擇棺木、安排儀式。他的意見讓我感到驚訝。很久以後，他才坦承，他當時感覺我在逃避這個問題。面對死亡，所有的抗拒與逃避都顯得沒有意義。命運擲出了骰子，我們不得不參與遊戲。

十五分鐘後，我們停在安息街上（真是巧合）。一位難以定義年齡、臉部幾乎沒有特色、毫無表情的女士接待我們，邀請我們坐下。辦公室的風格極為中性，看得出刻意營造的平靜，但又不至於引人注意。她向我們介紹了目錄上的各式棺木，包括平蓋的巴黎式、直邊的里昂式和有立體切邊棺蓋的凸蓋式。我們希望選用橡木原木、楓木，漆面處理、線板裝飾、弧形木板、加厚處理、黃銅把手嗎？只要問得出口都能辦到。

我聽得頭暈。就連噩夢都沒這麼噁心。我們真的在討論這個問題嗎？我只有一個念頭：起身、離開。怎麼可能有人忍受得了這種事？

最後，我們交給外公決定。依舊是他結的帳。蕾雅只交代了一句：「一定要簡單一點的，媽媽不喜歡浮誇的東西。」

---

9 譯註：E.Leclerc，法國的大型零售商。

走出葬儀社時，天色依舊灰沉，我們沒多想就決定去教堂。我們要與神父會面，和他討論儀式的細節。媽媽不是教徒，我們也不是，可是教堂已經成為一種慣常。前往教堂的路上，車子裡的氣氛凝重。我們可以聊什麼？重要的是處理這些緊急事務，展現效率。不過，其實這樣也好。這些行政程序最後成為一個轉移注意力的方式，我們求之不得。它們能讓我們暫時擺脫沉重的壓力，在這幾小時內，帶我們逃離悲傷。

神父沒有認出我們，這也合理，畢竟他最近才來到這個教區，更何況，我們從來不去參加彌撒。他也沒有把我們和昨天開始就成為話題的那件地方新聞聯想起來。他看到兩個年輕的孤兒，表現出令我們感到真誠、真實且全心全意的同情。我們這才想到，他是第一個表現出惻隱之心的陌生人。那些憲警忙於調查，雖然表現得友善，但也僅此而已。貝容太太不知如何表達，但她滿臉的愁容說明了一切。在餐廳裡時，服務人員遠遠地看著我們，竊竊私語。而這裡有個人對我們表現出他的同情與好意。你們可能會說，這是他的職責所在。那麼，他做得很好。不過他不小心犯了一個錯誤。在注意到喪妻的父親不在場後，他對我們兩個孩子說：「你們的爸爸不在了嗎？」我們相視了一眼，不知所措。外公替我們回答：「也許您已經聽說了昨天發生的凶殺案……」他沒有直接說出事實，沒有說：「他們的父親殺了他們的母親。」大概是不想讓我們聽到這樣的話吧。大概也因為他說不出口。神父的臉色變得蒼白，輕輕地將手搭到我的肩上。他的聖職衣上散發出洗衣精的味道，是化學的紫丁香味。

我們步出教堂，回到外面的世俗世界後，在教堂前的廣場上逗留了幾分鐘，這一小段休息時間對我們來說似乎是必要的，我們需要回復正常的呼吸。我們避免去看拉上簾子的菸草報刊店。然後，外公抬起頭望向天空，預測：「要下雨了。」代表我們該回他的飯店了。

我們癱坐在大廳，眼前布滿指紋的玻璃桌上散著幾本過期的雜誌。我本以為事情都處理完了，直到外公又提醒我們還有帳單要處理，因為日子不會停下來，還是有急迫、必要的事，還有銀行和保險文件，一個人死亡後就要全部重新整理，甚至結束一切。蕾雅進一步問道：「我們是要打電話告訴這些人媽媽死了，然後把她的名字從每一個地方刪除嗎？」她的問題讓我們一陣心涼。我低聲說：「我們會寫信給他們。」再多的解釋也無濟於事。這時一位和媽媽年齡相仿的女士穿過大廳。

回想自今晨以來占用我們心力的那些事，它們看似瑣碎卻又必要，我想，應該沒有哪個十三歲的女孩或十九歲的男孩會對這些事做好準備，沒有人提早想過。我們正在加速學習。

32

電話響了。又是皮耶．威狄葉。他希望能再見我們一面，特別強調了，「當然」不是「傳喚」（他是否後悔先前用過於嚴肅的語氣說話了？）他有一些消息要告訴我們，最好能在憲警隊見面。

我們走進他的辦公室時，他看起來心事重重。首先，他告訴我們，爸爸決定在律師出現以前都「拒絕合作」。他希望律師的出現能讓爸爸變得健談一些。他的律師來自波爾多，我們不知道他是怎麼找到他的，甚至不知道他是否認識這位律師，但指揮官遵循著規定和程序行事。

他藉此機會提醒我們也應該找一位律師。我們要作為原告出席審判法庭。

我一臉驚訝：「我們還沒有到那一步……」他直言：「我建議你們不要浪費時間。」我繼續反駁：「我們沒有錢！沒有錢怎麼找律師？」外公這時打斷了我的擔憂：「我來付。」

這一切我們都從未體驗過。都是陌生的。瘋狂的。讓我感到困惑不安。而一旁的蕾雅眼神空洞。彷彿她已不在我們身邊。她走遠了。

「既然談到法律問題……」

我們心不在焉地聽著他的開場白，但接下來的內容吸引了我們的注意。

「你們的父親，儘管他肯定會被監禁和起訴，但並不影響他身為父親的親權。即使關在牢房裡，他還是可以替你們做決定，特別是妳，蕾雅，因為妳還未成年。他有權影響所有跟妳的學業有關的事……妳如果需要動手術，也要經過他同意，還有旅行也要。他可以要求妳來探監。妳必須表達妳的意願，或者，表達妳想更換法定監護人。無論妳的決定如何，你們都要盡快和他討論這個問題。這就是我鼓勵你們見他的原因。他現在還想要得到諒解，也許比較容易接受你們的要求。再等下去，可能又是另一回事了。」

我聽得目瞪口呆。當然，這是我從未想過的問題（眾多問題之一），可是正常來說，爸爸的親權不是應該自動被取消嗎？一個施暴的丈夫和殺人凶手，怎麼可能不危險？至少也是不適任的父親吧？你能想像一個即將吃多年牢飯的人還能像遙控器一樣，從遠方操控子女的命運，就好像在遙控……車庫門嗎？司法機制怎能容忍，甚至促成這種反常、怪誕的事？法律應該禁止我們的父親再傷害別人、傷害我們，至少也要遠離我們才對。沒想到這個問題竟然需要透過談判才能解決，真是令我作嘔。

我對「想要得到諒解」這個說法也很不以為然。這種說法很愚蠢。那個指揮官應該知道，這樣的行為是不可能被原諒的。

然而，我還是默默地敬佩他的手段：威狄葉成功促成我們和爸爸見面的事了。

我說：「如果可以，如果她也同意的話，我希望成為蕾雅的監護人。」

妹妹轉過頭給了我一個微笑。然而，還沒等到她開口回應，指揮官就表達意見了：「請容我說句話，我建議你們選擇外公。他是一個成年人，養育過一個孩子，有收入，有財產，更重要的是，他也是受害者的父親。這一點很有說服力。」

他說得有道理。我們轉向外公，他略微害羞地點點頭表示同意。

不到一分鐘，我們就解決了一個至關重要的問題。

33

威狄葉隨後露出一個十分尷尬的表情。

「可是，這不是我讓你們來的原因……」

這話讓我們不禁暗想還有什麼事會掉在我們頭上。我想我甚至本能地把頭縮進雙肩之間了。過去的二十四小時內，我們一再遭受打擊，而目前一切跡象都顯示，試煉還沒結束。

「我們在令堂的檔案裡，找到一份她去年提交的通報紀錄……」

事實上，我們後來才知道，一名少尉當天早上自己敲了指揮官的門，滿是歉意地承認他認出了受害者，說她一年前來過憲警隊通報家暴。某天晚上，媽媽慌張地闖進憲警隊報案，當時是他值班，她表示丈夫又一次對她施暴後逃離現場，可能是去城裡的某個酒吧買醉了。她說自己「走投無路」。少尉當時聽了她的陳述，但到現在才坦承，當時並沒有把她的訴求放在心上。「你們知道的，像她那樣的案例，每個星期都有。」他試著為自己辯解，「她的身上沒有外傷，至少表面上看不出來有什麼問題。」因此，他認為情況並不危急。在她的堅持下，他最後還是做了記錄，正確來說，只是記下這件事（他不能做得更少），但沒有採取任何進一步的動作。這份文件甚至沒有被任何人查閱過就歸檔了。

面對我們，皮耶·威狄葉急於粉飾下屬的疏失，試圖向我們解釋那些難以理解的事。

「令堂的通報很不明確。她提到對方施暴，可是又沒有描述具體情況。」

所以，是媽媽的錯。錯在沒有清楚地表達，沒有被打得青一塊紫一塊，或者沒有傷痕累累。而那名憲警並不會因為沒有認真聽她說話、只記了一半，或者缺乏最基本的同理心而被指責。

「再怎麼說，危險評估沒有那麼容易，」威狄葉撇清責任，「特別是我們的人。請相信我也感到遺憾，但我們都沒有受過這種……情況的訓練，我想你們也可以理解的。」

面對我們的錯愕、失落和強忍的憤怒，他覺得有必要提出自以為最有力的論點：「警察和憲警都缺乏資源，我想你們都是知道的。我的人手不足，儘管我在努力，但你們也知道，這裡不是高風險的郊區。所以，很遺憾，我們也沒辦法處理所有的事，特別是不能把每件事都處理好，一定有一些被忽略了。」

所以，媽媽的求救信號就屬於會被忽略的事。我說：「比起一隻失蹤的狗或一輛被撞的車，一個遭到毆打的女人比較不重要，是嗎？」

惱羞成怒的他開始笨拙地解釋起自己的工作職責：「我想你們應該要了解一點，一名憲警接受的訓練是處理擾亂公共秩序的事件，也就是說，是各種騷動、混亂，還有多個受害者的案例。在他看來，夫妻吵架並不屬於這個範疇。

而且，他很清楚這類的通報經常不會有下文，所以會傾向不去處理。畢竟從某個角度來看，等於是白費力氣。我只是試著跟你們說明他的工作方式。再說，他是個男人，不是每一次都能和女性有效溝通。作為一個普通人，他可能認為感情問題應該只由當事人私下解決，外人不該插手，即使這些問題持續惡化……」

他多講一個字都像是在給自己徒增磨難。

最後，蕾雅用最天真的口吻給了最殘酷的一擊：「也就是說，如果你們做好分內的工作，她也許就不會死了嗎？」

我們心裡都明白，這種事沒有想像的那麼簡單，不是非黑即白。然而，我妹妹剛才的表現，比我們——她的外公和我——還要深刻地表達了我們的憤怒和不解。

「不能這麼說，」威狄葉激動反駁，「我不能允許妳這麼說。」他一次又一次的否認聽起來就像是一種無言的承認，至少也表明了他和他的人沒有盡責。

（後來，外公為了安撫我們，在車裡說：「至少他說實話了。他其實可以什麼都不說的。」不過，他這麼做是真心的嗎？還是他在給我們打預防針，害怕有一天我們會發現他的疏失？）

在指揮官的辦公室裡，我閉上眼，想像媽媽一年前絕望、迷惘地踏進這裡。我想像她需要多大的勇氣，或是多深刻的絕望或恐懼，才敢踏進憲警隊的門。才能來到這裡乞求他們憐憫。才會把希望寄託在執法部門，期待他們終止自己的苦難。我看見她眼神茫然、憔悴不堪，手裡拿著一張不起眼的紙條，最終被送回施虐者身邊，我忍不住哭了起來。一陣出乎意料、猛烈又短暫的哭泣，就像個跌倒受傷的孩子。

皮耶・威狄葉快速從抽屜裡拿出一盒舒潔，一邊說道：「對了，你們知道你們可以尋求心理諮商輔導嗎？」

（這一句「對了」令人心寒。他的漫不經心令人心寒。這件事明明應該是首要之務，他卻看作一個臨時插入的話題、一個瑣碎的細節，彷彿它不過是一件微不足道的事。）

當下，我想到的是他的提議是為了彌補下屬失職。但事實上，他只是按照憲警服務的標準程序行事而已。這種重大創傷，特別是發生在年輕人身上時，他們會提供心理輔導服務。當校車翻覆、火車出軌、瘋子隨機刺傷路人、工廠爆炸、洪水肆虐時，就會組成著名的心理輔導小組，幫助受害者，甚至目擊者。

我直截了當地拒絕了他的提議，甚至沒有徵求蕾雅的意見：「我們會自己搞定的，謝謝。」

現在回想起來，我當時立即的、不經思考的拒絕不過是對一個不可原諒的疏失過於激烈的反應，相當幼稚且愚蠢。那一刻，我不想再和那些嚴重失職且顯然無法理解他人痛苦的人打交道。而且，我堅信一定能從我們內心深處挖掘出治癒創傷的力量。（「我們或許偶爾會變得敏感，但在本質上一定都是堅強的。」姑姑總是這麼說。）我錯了。這也是我後來才體悟到的。太遲的後來。

無論如何，威狄葉似乎鬆了一口氣。顯然他不知道應該如何履行他的提議。最好的情況是他可能會指派一名護士。最壞的情況下，他大概會以「資源不足」搪塞吧。

34

突然間，窗外下起大雨，重重落在玻璃上，雨勢滂沱，奇怪的是，我竟覺得這場傾盆大雨是天賜恩典。這場雨出乎意料地給我們帶來了平靜，就像為我們塗上一層藥膏。可是指揮官很快就打破了我的幻想：「你們的父親在等你們。」顯然，我們沒有任何喘息的機會。我們甚至沒有時間為母親哭泣，總是不得不跨過新的障礙，上頭鋒利的刺割著我們軟弱的腿。我們一刻也不得閒。也從未真正理智地思考、推理、衡量這些事。我們不過是疊加起來的折磨。一道敞開的傷口，一個出血點。

「現在是個好時機。我收到消息，他的律師已經在來這裡的路上了。」他在掛上電話後又催促了一遍。

我問了蕾雅的意見，她同意了。

他們小心謹慎地把我們帶進一間較為昏暗的房間裡，我想應該是偵訊室。我們安分地坐了下來，等他們把他帶來。我們都很緊繃。

我暗自想著：我現在憎恨這個人，我恨這個奪走媽媽生命的人，這個在終結她生命前讓她過著地獄般生活的人，因為一切都必須圍繞著他轉，因為滿足他的欲望是所有人的首要任務，因為他無法遏制嫉妒的心。在這個非同尋常且沉默的等待中，我回溯過往，意識到這份憎恨來自更久遠的過去。當然，並不完全是恨，而更像是敵意、疏遠和不理解，但這些感受對一對父子來說仍是不尋常的。

在我小時候，他真的盡了父親的責任嗎？他跟我一起玩過嗎？他為我準備過一次早餐嗎？他真的知道我早上吃什麼嗎？他為我穿過衣服嗎？他陪我去過學校嗎？我一點印象也沒有。八歲那年我想學舞蹈時，他表示過支持嗎？不，相反地，他打擊我、嘲笑我。我通過考試時，他祝賀過我嗎？不，他曾經大聲表明他更希望有一個踢足球的兒子。我搬到巴黎後，他想過我嗎？不，我離他幾百公里對他來說一點也不是問題，甚至幫他省去了一些困擾，給了他更大的空間（他成了家裡唯一的男性，可以隨心所欲；我後來意識到這一點很可怕）。我們對彼此來說幾乎是陌生人，而且從來沒有談過這件事。

他出現在我們面前時，我立刻注意到了他的眼神。像一隻無辜的狗，一臉的愧疚似乎在說：「我很抱歉，請原諒我。」我想起蕾雅告訴我的事：他每次打完媽媽後都會道歉。他當時大概也是用這樣的眼神看她的吧。這眼神在我看來滿是虛情假意，只是加重了我對他的敵意而已。

至於蕾雅，事情在她身上複雜得多。我當時就感受到了，只是隨著時間推移，這一點愈發明顯。事件發生之前，他仍然是她的父親，過著日常生活，她對他有愛，他也會回應這份愛，偶爾還會送她禮物。當然，他的暴力行為令她感到不安，讓她處在警惕的狀態中，但他知道如何讓她相信這些只是成年人之間的爭吵，就像所有夫妻一樣，而且他比任何人都更知道如何安撫她。犯下不可挽回之錯的那一瞬間，他變成了怪物，顛覆了她所有的認知。她生他的氣，甚至因此感到不舒服，但要就此把他們之間的聯繫切開並不是件容易的事。實際上，正是這種矛盾最終導致她精神崩潰。

他在我們面前坐下後，伸出了手臂示意。他想要握住我們的手，想要觸摸。但我們兩個都雙手交叉，不願讓步。儘管蕾雅猶豫了一秒。

律師很快就會到了，我們的時間不多。對我來說，最重要的是取得他的同意，把親權交給我們的外公。威狄葉的判斷是對的：我們得到他的同意，因為他認為沒有立場拒絕我們。

在此之前，他花了一點時間強調「這一切」都不是他想要的，事情往他意想不到的方向發展了，他不知道自己在做什麼，說這是一場「可怕的意外」。

一場可怕的意外，十七刀。

他也證實是媽媽打算離開他讓他失去了理智。總而言之，是她的錯。

我起身，拉著蕾雅一起離開。

35

兩天後，我們終於見到媽媽了。她躺在靈堂的棺木裡等我們。

我們要先穿過一扇門，門上用圖釘固定了一張寫有她名字的小卡。我不禁想：這就是生命的結束方式，她的名字被釘在葬儀社後方的一扇門上。可以想像，昨天同一個位置釘的是另一個名字，明天也會有新的名字替換。

房間狹窄，光線昏暗。牆上貼著的海報是一片海景，大概是為了帶來平靜。塑膠椅沿著四面牆排列著，提供前來瞻仰遺容的人一個靜心懷思的空間；看起來很像是以前跳舞用的小禮堂，只是沒有舞者。因為房間中央放了棺材，我們不會跳舞。

大體化妝師很盡責：媽媽的臉色雖然略顯蠟黃，但看起來很安詳（我在停屍間時沒有時間仔細看，僅是短暫一瞥，認屍而已，不會注意細節）。這讓我感到安慰。因為我一直擔心會看到她在生命最後幾秒鐘時的驚慌和痛苦。化妝真的能創造奇蹟嗎？還是她在死亡裡找到了某種解脫？

她穿著一件淡色襯衫，遮住了她胸上、腹部、手臂甚至是脖子上的傷痕，沒有人看得出施暴的痕跡或驗屍時的破壞。我不知道襯衫是從哪裡來的。我曾考慮過要詢問，最後還是放棄了。

我注意到蕾雅目光停留在那件衣服，再次流露出空洞的眼神，心裡覺得有些不對。我寧願想像這種偶爾出現的失焦是她刻意的行為，是為了保護自己而從現實世界抽離的表現，但當時的我開始擔心另有原因了，卻又說不清是什麼。

我們肩並肩坐著。我試圖尋找一些回憶，希望打破沉默，藉此逃離當下的恐懼，但沒有任何回憶浮現。事實上，也不能完全這麼說：有些畫面一閃而過，又立即蒸發了。是那具遺體的影像壓過了其他的畫面。

人們陸續走入靈堂，親戚、朋友，甚至市長也來了（但沒有奶奶，我們要求她不要過來；也許不太公平，但也沒有別的選擇）。所有人都向我們致意。他們的表情裡，真正讓我震撼的不是同情或悲傷，而是無力感。他們不知道（實際上，這是可以理解的）如何面對我們。為了緩解他們的尷尬，我們勉強擠出了半個笑容。

房間裡寂靜無聲，只有偶爾發出的衣物窸窣聲、低聲的感嘆與啜泣打破沉重。有時還有椅子摩擦地板發出的吱嘎聲。

一段時間後，一個男人走來詢問是否能封棺（大概是要清場了，哀悼也是有時間限制的）。如果想對媽媽說再見，那就是「現在」。蕾雅先起身，走向棺木，摸了她的額頭。她的反應讓我感到驚訝。她轉頭對我說：「好硬，摸起來像石頭。」我不知道該怎麼回應。

我們站到一旁看他工作，就在棺木要被蓋上密封前，我忍不住想：這是我們最後一次看到她了，再也不會有機會了，雖然我們還有相片，雖然回憶終會回

36

我對那場儀式沒有太多印象。神父的祝禱也幾乎都忘了。但他們向我保證，整個過程簡約卻動人。

我沒有發言，蕾雅也沒有。儘管有人提醒我們這是向母親致敬的機會，我們可以藉此說出心裡的話，讓逝者慢慢離去，可是我們覺得超出我們能力所及；也許我們也是想把她留給自己，多說一句關於她的事，就等於又失去了一點。

因此，追悼詞是外公說的。我仍記得他嚴肅、莊重、努力不讓自己崩潰的模樣。也記得他的聲音在一句平凡的話岔了開來，然後又重新鎮定下來，還有他急促的呼吸聲。

他致悼詞的時候，我一直盯著靈柩上的相片。那是兩年前在阿卡雄海灘上拍的。風把她的頭髮吹到了右頰上。她的臉上帶著笑容。遠處，我們可以看到夏季遊客模糊的身影躺在沙灘上，另一個少年伸長了手抓著風箏。那一刻的無憂無慮令我著迷。儘管我現在知道她騙了我們，我還是想要相信相片裡的愜意。至於蕾雅，她凝視著彩色玻璃。她是流連窗上的天使還是倒影？或者什麼也沒看？

儀式結束時，陽光透過窗戶灑落，映照在涼爽的地磚上。四個男人從角落中走了出來，抬起靈柩。他們的動作輕柔卻有力，小心翼翼地扛起、帶走。

當我們站起身準備隨他們走出門時，我才注意到聚集的人群（走進教堂時，我頭昏腦脹，並未留意）。那是一群善良的人，大多都是我們不認識的。他們來到這裡表達心意，其實，他們的面孔最後融成了一個集合體，流露出同樣的表情。他們的數量似乎也和他們的驚愕成正比：發生在我們身上的事和他們的生活有太大的差異，不像他們的城市、我們的城市會有的事。的確，布朗克福是個平靜的小城，他們不明白這般災難怎麼會降臨在這裡。但這個問題注定沒有答案，就連提問都是徒勞。

我們隨著靈柩走上街道時，身後的教堂裡響起法蘭絲・蓋兒（France Gall）的歌〈理所當然〉（Évidemment）。這首歌是蕾雅堅持播放的，因為「媽媽很喜歡這首歌」。

歌詞是這樣的：「我們身上有股苦澀的味道／就像四處彌漫著塵土／憤怒如影隨形[10]。」接著是：「我們還在歡笑／為傻事而笑／像個孩子／卻不再像從前。」這幾句我早就遺忘的歌詞給我帶來了椎心之痛。

下柩的過程我也記不太清楚了。就好像站在墓地裡的是另一個我，被漫天飛

10 原註：〈Évidemment〉，Michel Berger 作曲，法蘭絲・蓋兒（France Gall）演唱。收錄於《Babacar》專輯，Apache Records WEA，1988。

舞的落葉包圍。那是一個看起來像我的年輕人，但不是我，只是一具軀體，一個外殼。據說這種解離很常見，它是一種自我保護的方式。可是我依然記得盛開的花朵，百合花的香氣讓我頭暈目眩。

媽媽就埋在自己的母親旁邊。那塊墓地原本是外公二十五年前埋葬妻子時買給自己的，現在屬於他女兒了，他讓給了她，把一生最重要的兩個女人葬在同一個墓穴裡，既淒涼又美麗。

而後，人群緩慢靜默地散去。我們三個站在尚未掩土的墓穴前，看著撒了一把又一把泥土的棺木。那一刻，我並沒有感到一絲安慰。相反地，在秋日的初寒中，我深切地意識到，自己才剛開始要往下墜。

37

不過，外公立刻把我們的生活拉回原來的軌道。

他先前就問過蕾雅的意願：她想要遠離悲劇發生的地點，到別的地方重新開始嗎？只要找到一個屬於他們兩個的地方就好。還是她想要留在出生和成長的地方？蕾雅認為，離開朋友對她來說太痛苦，她覺得自己做不到，她需要熟悉的人和地方作為依靠。最後他決定在布朗克福找一個新家。短短幾天內，他就在湖邊找到一間價格不高且功能齊全的公寓，有四個房間，他們兩人住，我週末回家時也有地方住。後來，他背著我們悄悄地把柏日哈的房子賣了，籌措資金為我們造一個新的避風港。他對一個老朋友說：「我很愛那間小屋沒錯，可是我的孫子孫女更重要。生命中總會有這樣的時刻，男人知道自己該做什麼。」

然而，光有一片屋頂是不夠的。而且，儘管外公有無限的優點，儘管他很慷慨，總是無私奉獻，但他不是我們的母親，無法取代她；我也無法。我和外公為蕾雅築起的家雖然不是原來的那個，它很獨特，但也許是最安全的。蕾雅需要的就是這個，安全感和無限的愛。至少我是這麼認為的。所以我退出了舞團。

大家都關心地勸阻我離開歌劇院（外公是第一個）：我付出了那麼多才走到這裡，我做到了那麼多人做不到的事，那是多少人求之不得的，而且我還很年輕，如果一直這麼出色，將來一定會成為首席舞者的。我回憶起多少個鐘頭、多少日子、多少個月、多少年都用來塑造身體，賦予它柔韌與優雅，反覆練習相同的動作、相同的步伐，一次又一次地失敗、受傷甚至流血，再重新開始，跌倒了就站起來，期盼自眾多舞者中脫穎而出。現在卻像清空磁性畫板一樣，一瞬間全抹去了。

也有人說我有天分，放棄可惜。我才意識到無論是在學校裡或跳芭蕾舞的這段時間內，從來沒有人這麼對我說過。多麼希望他們能早點跟我說。幸好，媽媽總是會一再鼓勵我。這是她對我說愛我的方式。

我放棄了我的野心，放棄了我童年的夢想，我一輩子都會自責。他們也這麼說了，而我可能也是這麼想的。是啊，曾經有個男孩，懷抱著一個幻想，做著瘋狂的夢，乘著一個理想。他成功克服了嘲笑與唾棄，靠著那可笑的夢想，戰勝了挫折與疲憊。男孩長大了，離朝陽又近了一些，然後一切就結束了。他收起了翅膀，回到家鄉。為了不被遺憾所吞噬，他總是說服自己，反正再飛下去，翅膀也會被燒傷的。

他們還說我需要走出這可怕的考驗，重新站起來，那麼，還有什麼比一個團體、一個環境、一個職業、一份熱情更好的呢？我同意這個意見，但我沒有選擇。一個沒有選擇的人，還有什麼好爭的？

我還記得那間抹去我的痕跡後空蕩蕩的雅房，還記得最後一次透過頂窗看巴黎的天空，記得那扇關上的門，還有租來的小貨車裡層層疊疊的紙箱。我花了七個小時才回到吉宏德。對於永別來說，並不算長。

我在波爾多的一間舞蹈教室裡找到工作。儘管我年紀不大，他們還是把最小的學員託付給我，那些六到八歲的孩子剛踏進舞蹈世界，就像十一年前的那個我。第一天看到那些孩子時，淚水在我的眼眶裡打轉。

我永遠不可能成為比利・艾略特了。

38

我回到布朗克福沒多久後——我們在新公寓裡安頓下來，努力在被蹂躪之後堅持下去——一天早晨出門時，在大樓對街的人行道上看見一個爸媽的朋友。我不太認識那個人。一般來說，我們都不會和爸媽的朋友太熟，對他們也不感興趣。我遠遠朝他打了招呼，他也以一個簡單的手勢回應。往公園的路上，我記起在葬禮上看過那個人，他的情緒看似激動。我加快腳步，沒有把他放在心上：我決定重新開始跑步，慢跑讓我感覺舒服，我的頭腦會清醒一點，身體也會比較疲憊。

可是第二天我又在對街看到這位朋友——派特里克，我突然想起了他的名字。（後來他告訴我，他問了一些人，從而得知我們的新地址。世界很小。）我推測他的出現並非偶然。我穿過馬路時，他的表情變了。我清楚地看見他的不安，似乎有話想說。我想得沒錯：他的出現不是偶然。

不過，一開始他還是說了謊，說他住在附近，最後才坦白：他要向我懺悔，一件讓他「無法忘懷」的事。一年前的某個晚上，深夜時分。他忘了為什麼，那天正好經過我們家門前。他透過窗戶看見家裡亮著燈，也看見了我爸媽在吵架，爸爸抓住了媽媽，掐住她的喉嚨，然後又放開。人行道上的他嚇呆了，無法動彈。他應該去敲門嗎？已經過了午夜。他確定剛才真的看到什麼了嗎？事情發生得太快，他又喝了點酒。而且，應該不可能吧。那兩個人是他的朋友，法蘭克情緒不穩，容易發怒，但很難想像他會出手打妻子。她最近臉色的確不太好，但生活中令人憂心的事太多了，天氣不佳、鬧事的孩子，總是不缺理由。不過，他隔天還是臨時起意找了爸爸，試圖和他聊這件事。只不過當時家裡的氣氛平靜，他也不敢多說。然而，他還是注意到媽媽的脖子上戴了一條圍巾。她平常不戴圍巾的：是為了掩蓋勒痕嗎？離開後，他給她傳了一則簡訊，短短的一句話：「我覺得妳有點奇怪，還好嗎？」訊息傳出後，他看見螢幕上的三個小點，知道她試著回覆，可是最後又放棄了。他從未收到她的回訊。

他說：「如果你問一個人還好嗎，而對方卻沒有回答，意思就是不好。」可是他並沒有堅持。

接下來的幾個月內，他很少見到他們，偶爾在超市碰到，他也沒有發現「不對勁」。他得出一個結論，可能是自己誤會了，即使他自己也不太相信這個假設。也許情況已經改善了。「是啊，就是這樣。」那場爭吵可能只是個例外，而他正好目擊了而已。

不過現在回想起來，他「後悔」了。他後悔自己沒有出手干涉，沒有要求他的解釋，沒有為她多做一點。他後悔對爸爸的情緒掉以輕心。他下了一個苦澀的結論：「我曾經是他的朋友，可是他總是讓我有點害怕，以前我不知道為什麼。現在我知道了。」

我問他是否願意向負責這起案件的法官說這件事，他回答：「沒問題，如果你希望我做的話。可是會有什麼差別嗎？」

那天稍晚時，我又想起那位派特里克被動的態度，以及他和自己良心的妥協。我也有相同的態度。

39

我得說：這段對話起了重要的作用。因為在那之後，我真正展開了調查工作。從我查到的資料裡，我才終於看出，爸爸不僅是一個占有欲強的偏執狂，也不僅是用憤怒來掩飾自己害怕被拋棄的心態而已，也許他最重要的問題是，他有所謂的自戀型人格。

其實這並不難理解，只是我一開始對這些標籤不感興趣，只在乎事件本身和應得的懲罰。而且在我看來，這只是個流行用語，經常出現在雜誌或電視上，我會不經意地從那些我沒有參與的討論中聽到。我從來沒有試著了解它們真正的涵義。後來在諮詢過專家後，我才意識到爸爸符合許多自戀型人格違常的特徵。回想起往事，這一切突然對上了。

例如，他一再強調媽媽就是他的一切，仔細一想，確實如此：他的朋友走光後，他的世界就只剩下她，他的嫉妒也證明了，他對她的在乎甚至到了荒謬的地步。即使如此，他還是無法停止貶低她。他常說「妳不會懂」、「妳懂什麼」或「這是男人的事」一類的話。她會立刻放棄掙扎，沒有人知道她是不願意反駁或是真的認為他有道理。有時，這種貶低的行為還會發展成羞辱。妹妹提過一些可怕的例子，例如他會丟出這樣的話：「妳只是我撿回來的孤兒。」或「賣《七日電視週刊》[11]給老太太，這種事誰都能做。」當媽媽流下眼淚時，他還會要她不要「大驚小怪」，一再保證他還是「關心」她的，這樣的恩惠總能讓她破涕為笑。

他比任何人都知道該如何操控她的情緒。每當她表達想法時，他總是忍不住反駁，先用懷疑的語氣壓制她：「哦，是嗎！」或「妳確定嗎？」接著再自信滿滿地用站不住腳的論點或似是而非的理論說服她。這些理論看似有理，事實上也只是他用男子氣概強加的。最後她會迷失方向，從而妥協。

另一個例子：雖然他對媽媽很刻薄，對女兒卻疼愛有加。事實上，媽媽對任何人都說他是個好爸爸吧？（她很樂意掩飾他對我的輕蔑；我想她是在試圖保護這個家。）他對別人，對外面的人、外人都很友善。他知道怎麼展現幽默、獨特和體貼。他有演戲的天賦，也擅長說別人想聽的話，藉此保持自己的美好形象。只有她一個人知道他的另外一面，卻無法證明這件事。她的話和他有所

11 譯註：*Télé 7 Jours*，法國的娛樂雜誌，提供關於電視節目和影視圈的消息。

出入。而人們總是選擇相信他。

這些事一點一點地疊加，加上他的嫉妒，把媽媽推進了深淵。這一切都是讓她威脅要離開他的原因，也是引發那場致命攻擊的導火線。

40

蕾雅開始失眠了。

可是，雖然我們沒有事先商量，卻自然而然達成了默契，制定了我們認為有效的策略：絕不討論那件悲劇，不糾纏在那件事上，甚至不提哪天會需要出庭。我們只專注在日常生活。對話的主題包括天氣、購物清單、要準備什麼晚餐、上映的電影，以及杜帕發生的事。看電視時，我們只看影集或是玩電動，從不看新聞。這種鴕鳥心態最終將帶來災難。只是在那時，我們堅決迴避和閃躲。

睡眠的問題終究是找上門了。

蕾雅會在夜裡驚醒尖叫，我會趕緊衝到她的房裡。起初，她向我保證沒事，只是噩夢而已，不是第一次了，她從小就會做噩夢。當我提議要她告訴我夢境時，她又堅稱自己不記得了，就好像夢憑空消失了一樣。我猜想她是在撒謊，要不是不想讓我擔心，就是不想說出細節。有時我會堅持追問，她就會變得更加沉默。

我開始找心理師諮商，對方是年約五旬的男士，外表看起來非常過時古板，有如蒙迪安諾[12]筆下的人物。他在布朗克福開了一間診所，招牌看上去很像私家偵探或占卜師的工作室，顯然是我先入為主的成見或無知導致。他對我說：「我需要親自見到你妹妹才能確定，但根據你的描述，她很可能一直在重現謀殺現場的影像。這就是所謂的壓抑記憶。這種情況通常出現在性暴力或亂倫事件的受害者身上。一個人經歷了極端暴力事件後會引發這種機制，尤其是涉及親人時。這種記憶就像壓力鍋，隨時都有可能爆炸。你妹妹會再次感受到事發時的驚恐、困惑和無助。」

我問他我可以做些什麼，他靠回椅背上，回答我：「她應該尋找專業人士的幫忙。如果沒有人處理她的困境，情況可能會惡化。」他的話讓我不知所措，陷入焦慮之中。

某天夜裡，她比平時尖叫得更厲害，我趁機提出了這個建議。她聳了聳肩，似乎在問我把她當成什麼人了。不過那一次，她要我在離開房間時為她留一盞小夜燈。顯然是害怕她那些幽靈了。

然後，其他令人擔憂的跡象也出現了。有時，當我們在餐桌上聊天，或是在

12 譯註：Patrick Modiano（1945-），法國作家，曾獲龔古爾文學獎及諾貝爾文學獎，在台灣出版的作品包括《暗店街》、《戴眼鏡的女孩》（時報）；《在青春迷失的咖啡館》、《環城大道》、《記憶幽徑》（允晨文化）等。

公園散步時，她會突然沉默下來，甚至會說到一半就停頓了，就好像有人按了開關，切斷了電源。我們感覺她已經完全不在場了，看起來像坐在椅子上的洋娃娃，或是一個短路的機器。心理師解釋這種情況是她在心裡創造了一塊黑暗區域，用來暫時抹除現實。

因為在現實中，她有一個身在墓地深處的母親和一個囚禁在大牢裡的父親。現實是，她最親密的人被本來應該保護她的人殺了。無論我們多麼努力製造正常生活的假象都無法讓這個現實消失。

有時，在一些短暫的時刻裡，我們會以她的方式躲進沉默與盲目之中。

有一天，蕾雅完全吞不下早餐，她才總算承認：「我覺得肚子裡一直有一個結。」

聽到她試圖說出自己的痛苦，我竟然鬆了一口氣，同時也接受我們總要走過這段路的。

41

事情繼續失序，惡化。

她在學校各科的成績持續變差，差到校長請我和外公到學校面談。校長是個嚴格但細心的人。約談並非為了責備妹妹，大家都明白她表現差勁的原因，他見我們是為了提醒我們。他說妹妹很難集中注意力，老師問她問題時會發現她根本沒有在聽課。聽寫時也不會寫。她也經常忘記帶課本，作業遲交，原因也是「忘了」。

我們都很驚訝。畢竟我們都盡了全力時刻關注她在家的狀況，但也不得不承認，我們忽略了她的拖延和逃避。現在想起來，我才意識到我們忽略了什麼、錯過了什麼。我們也許有推託的理由：我們自己的悲傷情緒，我們沒有準備好或我們本身的不足。然而，這些理由能免除我們的責任嗎？不，當然不能。

還有更糟的：她似乎患了「社交恐懼症」。（我只是使用一般會用的術語；凡事都有公式、標籤和術語。）我們還是會看到她和兩個好朋友在一起（這給我們製造了假象），但她在學校餐廳裡會單獨用餐，她會坐在操場的角落裡，趕走接近她的人；體育課時，她會等同學換好衣服後再換自己準備。我們甚至驚訝地發現，她沒有參加學校的校外教學，而她甚至沒有向我們提起。當我們問她時，她只說「不想要坐巴士」。她把自己封閉起來，變得孤僻。有時甚至連輕觸她都能嚇到她。

接著，她開始在筆記本上畫畫。某天晚上我經過她房門時注意到她在畫畫。她匆忙蓋上筆記本，這個舉動讓我心生好奇。接下來的幾天，我違背了尊重他人（特別是妹妹）隱私的原則，開始尋找那本筆記本。最後我找到了，她小心地把它藏在一疊衣服下。筆記本裡充斥著黑色線條，就像一個不知道怎麼拿筆的孩子隨意塗鴉，可是仔細一看會發現看似無序的線條組成了一張嚇人的大嘴。

這一次我們鼓起勇氣，強迫她去諮詢專家。我記得那天，她坐在客廳，外公和我站在她面前，向她解釋她不是生病，但她在「受折磨」，需要有人幫她。我們不是專家，可是有一些受過訓練的人可以聽她說話。出乎意料的是，她沒有抗拒。我們立刻鬆了一口氣。可是其實在某種意義上，她已經放棄了。她接受我們的建議只是為了讓我們開心，也為了不要浪費力氣反抗；對她來說，已經沒有太多事是重要的了。心理師或任何其他的事，她都已經不在乎了。

臨床心理師做出了一個我們都已經知道的診斷：蕾雅患有創傷後壓力症。他建議她定期回診，但也強調她並不是「非常合作」。他開了抗憂鬱藥給她。

42

九個月後的一個晚上，蕾雅逃家了。

我早上醒來時發現她不在房間，床沒有躺過的痕跡，衣櫃裡的衣服少了幾件，我立刻就反應過來了（有些假設從來沒有想過，也從未被提出，卻在一瞬間成形，你們懂我在說什麼）。

我打了十次、二十次她的手機號碼，立刻轉進語音信箱，也傳了簡訊表達我的驚慌，文字中沒有任何責備，但還是沒有任何回應。電話中，她的朋友也發誓不知道她的去向，我相信了。不知情的她們加劇了我的不安：就連那幾個她通常會傾訴所有事情的朋友，她也沒有透露任何消息，沒有任何暗示。我向憲警隊通報，又是皮耶．威狄葉負責。他似乎並不驚訝，似乎認為在這樣的悲劇之後逃走、消失都是合情合理的表現。也許他有一定的道理，但他的冷漠仍然讓我感到受傷。他仍然表現得積極，就像有什麼需要彌補我們似的，而事實大概也是這樣。

接著是漫長的等待。

等待令人心慌。我們垂著手臂，束手無策。我們在公寓裡來回踱步，然後坐下。我們打開電視，卻看不進任何畫面，聽不進任何聲音，只有模糊一片，最後只能關掉。我們走到陽台尋找新鮮空氣，卻差點窒息。我們到公園散步，活動筋骨，又因為被莫名的罪惡感困擾而立刻回到家裡。一路上，我們覺得所有人都盯著我們，彷彿我們的慌亂和悲慘的遭遇都寫在臉上。我們每分鐘都在查看手機，即使我們不可能錯過任何一通電話。我們明白了無能為力是一種囚牢。

等待的人，每隔一段時間就會被強烈的焦慮感襲擊，感覺身處愈漲愈高的波濤之中。因為想像力會無限奔馳。她不會開車又身無分文，逃家後要怎麼移動？走路嗎？如果被車撞了呢？如果走了危險的路呢？搭便車嗎？如果遇到壞人怎麼辦？坐公車？去哪裡？火車？偷搭？她要怎麼充飢、怎麼解渴？那可是身體的基本需求。問題就像滾雪球一樣愈滾愈多。其中最揪心的是：她為什麼要逃家？為了看看別的地方有沒有自己的位置？為了向我們傳達某個訊息？或是，更有可能的，她是要終結她的痛苦、逃避沉重的負擔和麻木的心？為了結束這一切？

結束這一切。

當我們開始思考這個問題時，就離瘋狂不遠了。

三十六個小時後，我的手機響了，是她。

她只說：「我在皮拉（Pyla）。你可以來接我嗎？」我跳進外公的車裡，朝阿卡雄盆地的方向開去。一路上，我都沒有想到要通知憲警隊。當時我只在意她平安無事，而且又回到我們身邊了。

抵達目的地後，我按照她的指示，很快找到她。她坐在海灘上的一張長椅上。這種微雨的日子，海灘幾乎沒有人。我在她身邊坐下，縱然心裡有千百個問題，我還是一句話也沒說。她遠眺著海平線，開始解釋：「我想看看大海。沒有人的時候很美。」我繼續保持沉默。她突然想起：「我們和媽媽來過這裡，你記得嗎？我們一起爬上沙丘。」回憶輕易湧現，我們的腳踏在燙人的沙子上，我們使勁爬著，我們喘著氣，我們心情愉悅，我還記起我們爬到頂端時高舉的雙臂（爸爸不在這段回憶裡）。蕾雅的思緒走得比我快：「我們爬下來的時候還吃了鬆餅。」這件事讓我嘴角上揚。可是她接著說：「我想我再也沒辦法吃鬆餅了。」

最後，我們離開那張長椅。走回停車場的路上，她朝著被松樹遮蔽的別墅瞥了一眼，說：「住這裡的人一定很幸福吧。」而我們回到了布朗克福。

彷彿他們還不知道發生了什麼似的。擺著餐桌的房間裡，餐櫥櫃的抽屜是開著的，發票散落一地。自那之後就沒有人進來過，沒有人來清潔，也沒有人來整理。一股霉味迫使我打開窗戶；一盆天竺葵奇蹟般地開花了。我走上樓，看見翻了面的床墊和空蕩蕩的衣櫃。蕾雅房間的地板上有她的衣服，包括一件夏季的洋裝、印有米妮圖案的T恤和一條仿舊挖洞的牛仔褲，全都攤在地上。我的房間裡散落的是書。我看到紐瑞耶夫[13]和一本文庫本的《咆哮山莊》。這些散落在地板上的東西承載著我們的過去。

我緩步走下樓梯，往廚房的方向走去。踏進廚房時，即使我自認已做好準備，還是不由得往後退了一步。我甚至必須把背靠在牆上，避免自己因為眼前的景象而倒地：血跡遍布，地板上、牆壁上、塑膠桌布上，那些血因為留了太久都已變黑。憲警隊保留了犯罪現場的原樣，卻忘了在還給我鑰匙時提醒我。

房子裡的一切都停在媽媽心臟停止跳動的那一刻；在她的遺體被送走後，它們都凍結了、石化了。

因此，儘管我百般不願，還是被捲進回憶裡。

我想到曾在這個廚房裡享用快樂的早餐。我看到媽媽往桌子上擺碗，每個碗都有固定的位置。她往碗裡倒入熱巧克力，烤了麵包，擺上果醬，再以一個還帶著睡意的微笑歡迎我們。（老實說，我必須承認爸爸也曾為這份快樂做出貢獻：他偶爾會展現出有趣的那一面，繞著桌子跑，然後跑進客廳，沿著樓梯跑上跑下再到門口。他會抓住妹妹瘦小的身體，像丟一個包包一樣把她拋到空中，接住她後緊緊抱在懷裡。她開心地笑著，即使是我也忍不住露出笑容；現在回想起這些讓我感到一陣噁心。）

這裡也曾有過和朋友一起的漫長且喧鬧的晚餐時光，還有天色暗得太快的時

13 譯註：Rudolf Nureyev（1938-1993），俄羅斯芭蕾舞者，一九六一年逃出蘇聯，一九八二年入籍奧地利，被譽為二十世紀最偉大的芭蕾舞者之一。

候，在電視聲中度過的平靜的夜晚。這些都是真的發生過的，不是夢。

冰箱裡的食物已經腐爛發黑，整個冰箱都被感染了。

我立刻著手抹去悲劇的痕跡。過期的食品、用過的物品、過時的報紙、他們爭吵時打碎的餐具和一些碎片，全都丟進垃圾袋裡。我丟了又丟，最難的是，強迫自己不要把這些東西和記憶連在一起。

接著，我又拿出水桶、拖把、掃把、海棉、清潔劑、漂白水，開始洗、擦、刷、磨。我有條不紊地整理每一個房間，這種專注和執行力連我自己都不認識自己了。我必須讓這個地方看起來像沒有發生過任何事情，必須讓蕾雅能夠回到這裡，即使只是取幾樣東西也好，不能讓過去的陰影再次湧現。

沒多久後，我們辦了一次出清拍賣，把二手家具低價轉給有興趣的人。剩下的東西則是扔到廢棄物回收場。房子整理乾淨後，我們把房子交給不動產公

44

我們在表面風平浪靜，深處卻泥濘翻騰的大海上漂流，廣闊的海面上看不見任何港口。二十一個月後，吉宏德的重罪法庭總算開庭了。

我們作為原告被傳喚出庭。蕾雅也被要求出庭作證，因為事實證明，她間接目擊了這場命案。而我們的律師也幫她準備了這次訊問。

我們必須穿過一群看熱鬧的人才能進入法院，在舉著麥克風的攝影師和記者簇擁下爬上台階。一個愚蠢的問題反覆出現：「你們感覺如何？」他們怎麼會以為我們會有什麼感覺？我們就像事情發生的第一天一樣崩潰。同時也充滿期待。希望我們的傷口能癒合。我對妹妹說：低下頭，不要回答任何問題，不要理他們。

休息室裡，一名身穿制服的人為我們指路，我們沒有多說什麼就跟他走了。進入法庭前，我們被分開了，因為蕾雅在作證之前不能旁聽辯論過程。她和外公一起走進一個小房間，而我則被帶到指定的座位。法庭裡已經有一些觀眾。他們絕對不會錯過這件事。他們的竊竊私語和探頭探腦製造出一種奇怪的氛圍。我成了一隻馬戲團裡的動物。

被告席仍然是空的。十五分鐘後，爸爸在兩名憲警的陪同下現身。他向律師打了個招呼，然後才看向觀眾，接著又在人群中尋找我的目光。當他的目光落在我身上時，他朝我淺笑了一下，我沒有回應。

這是自從那次在憲警隊裡對質後第一次見到他，也就是他犯罪後的隔日。我們拒絕他所有的探視請求，無視他的懇求和憤怒，也克服了我們短暫的猶豫——說實話，我們的確猶豫過——因為我們深信，如果想要迎來擺脫這一切的一天，這條警戒線一定得守好。我發現他老了、瘦了、蒼白了，但這並沒有讓我感到難過，我對他毫無同理之心。

然而，我無法否認，這個畫面確實讓我感到震驚和動搖。這個男人依舊是我的父親，直到最後都是，我的身體裡流著他的血。我和他一起過了那麼多年，也曾有過情感。即使我堅信這一切都已燃燒殆盡，仍有一些餘燼未滅。

我想到對蕾雅而言，即便是遠遠看見他，也一定比我心痛、更難受。我之前應該提過，她對他有很矛盾的情感，這也說明了她為什麼有那麼深的困惑。她對他的所作所為深感厭惡，卻無法真正憎恨他。她同意將他從我們的生活中驅逐，但偶爾還是會呢喃：「我們能不能至少去探監一次？」（我如此粗暴地禁止她這麼做，是否加劇了她的矛盾，讓她以為我在保護她？是不是為了避免我們之間的分歧而選擇沉默，卻沒有想到不久的將來會有爆發的風險？）她將會見到一個佝僂的男人，並且會想起，儘管他犯了很多錯，卻也曾經是那般耀眼。

庭長入席時，所有人都站了起來。

審判以一個小插曲揭開序幕：兩名婦女突然站起來，撕裂身上的襯衫，裸著上身高聲譴責殺害女性的凶手、抗議警方沒有作為和司法遲滯。（順帶提出一個細節：在我使用的文字處理軟體中，「殺害女性」（féminicides）一詞被用紅色底線標記出來，就像那些沒有在詞典裡的詞一樣。事實上，這並不是一個細節。）她們很快就被帶走了。然而，我忘不了其中一位女士被憲警粗暴地帶走時，對我投來的眼神。

我擔心庭長會因為這件事感到不悅，而她也確實強調了不會容忍任何秩序混亂。不過那一刻，我心想：至少，框架設定好了。這場審判不只是一起普通的地方案件，而是社會事件。我們討論的不應該只限於婚姻糾紛導致的悲劇，而是持續的暴力和恐懼造成的結果。我們談論的不只是命案，而是一個男人試圖掌控權力、鞏固支配地位的行為。還有社會的盲目，以及提起這些事的恐懼。

律師一開始就宣稱我的父親「絕非」使用暴力的人，「沒有人曾見過他對妻子動手。」他的當事人的確擅長在無人注意的情況下進行不當的行為，他足夠狡猾，把這些事關在家門裡。這可能讓人產生錯覺，的確也曾造成錯覺。他甚至狡詐到在同事和親戚面前扮演受害者的角色：抱怨妻子讓他的生活有如煉獄，抱怨她背著他跟其他男人見面，甚至會在店裡挑逗一些男人。他確實矇騙了所有人。接下來在法庭上接連出現一些「證人」，堅稱他們「什麼都沒看到」。如果他們什麼都沒看到，難道不正是因為沒有什麼可看的嗎？

律師還先聲奪人，提出唯一的證詞來自當事人的女兒，而她的證詞是「間接」的。根據她的說法，她並沒有「親眼目睹」描述的場景，只是「模糊地」「從遠處」看到。事實上，只需要自己測試一下，從一間寬敞的房子二樓，房門半開的房間裡，能否「真正」聽清樓下客廳裡的對話？「不，我們『必須』嚴肅看待此事。」

律師還補充，無論如何，這樣的證詞都應該「謹慎以待」。因為，我們不能忘記，事發當時，蕾雅還是個孩子，一個容易受外界影響的孩子。更何況這還是愛母親勝過一切的孩子，當然願意為了替母親辯護而說出任何話，「這是再正常不過的。」十三歲難道不是擁有「豐富想像力」的年齡嗎？

與此同時，他順手一揮，抹去了這對夫妻的朋友，也就是那位曾目睹勒頸事件的朋友，所作的陳述：「一個喝醉的傢伙？夜裡？十公尺遠的距離？你們信嗎？」

接著，他又主張爸爸是在面對婚姻可能破裂的情況下「情緒爆發」。怎麼可能不懂他的感受？妻子是「他的一切」。失去她對他而言是一個「無法承受的打擊」。有哪個男人能夠無動於衷地接受與「一生所愛」分開？接著，他回顧了年輕時的一見鍾情，還有幸福的婚姻以及兩個孩子出生後的美好，長達二十多年相伴相隨。他的陳述並非沒有道理，只是他把事情的重點集中在表面上，刻意忽略了一個女人受困於丈夫偏執的妄想中而無法喘息的痛苦。

正是這種強烈的心理壓力讓他失去了自制力，導致他呈現解離狀態，「不能搞錯了。」

對律師來說，我們的父親完全沒有意識到自己的行為，因為他當下已經被情緒所淹沒，壓力讓他無法思考，這一點毫無疑問。他想要證明他什麼都不記得了。這段記憶空白難道不能證明他沒有責任能力嗎？

至於刺傷的次數，辯護律師也早就準備好說法了：「一旦第一刀落下，就停不下來了。大家都知道，這種事很常見，專家們對此有很好的解釋。」

他那可悲的逃亡甚至形成了有利的條件：它比任何冗長的辯詞更能表達他當時的混亂、迷茫和盲目。

他在總結時表示凶手「深感懊悔」。「他當然感到後悔、羞愧，也很自責。有誰可以否認這些情緒的存在呢？」其實，他的悲傷和懊悔就是他真正的懲罰了。我們為什麼還要再加重懲處呢？人間的正義有什麼立場介入一場內心的掙扎？

46

我們當然會質疑同一個故事總有不同的說法。我們的父母共度的人生在凋零、腐朽之前，都曾有過充滿美好時刻的日子。這樣的假設，我們都能輕易接受。然而，當時的我們都對他的陳述方式感到憤怒。至少我是如此。我沒有忘記在這個故事中只有一個受害者。和一個殺人凶手。

幸好我們的律師和檢察官都分別進行了陳述。維吉妮．卡迪奧律師以嚴謹的邏輯，按著事實逐一反駁了對造律師的論點。

她援引多年來他暗裡的責罵、毫無根據的指控、羞辱（儘管後來道了歉，但仍構成羞辱）、雖然不總是會在身上留下痕跡卻無疑傷害更深的暴力，還有那有意為之的騷擾。這些年來她在暗地裡遭受的羞辱和那幾乎無法察覺的控制，雖然看不見，卻都是真實存在的。最初的愛情不能為所有的事脫罪。最初的激情也無法洗清任何過錯。

分手宣言代表媽媽終於決定逃離這樣的壓迫。她嘗試擺脫這個枷鎖，嘗試「自救」，因為她可能預見了「生命受到威脅」。

她堅定地把父親描繪成一個自戀、專橫且害怕被遺棄的人：「歸根究柢，他只愛自己，而且無法接受別人不愛他。他表現出某種男子氣概，這是幾千年來的社會和他原生家庭塑造出來的。他的內心其實害怕得像個孩子，害怕被忘在遊樂場裡。」

因此，他無法忍受她離去。「諸位陪審團的先生、女士，請不要誤解了，這是一起財產犯罪（crime de propriétaire）。這個男人認為妻子屬於她，將她視為自己的財產、自己的物品。對他來說，殺害她是確保她不能重獲自由的手段。」

她強調了案發現場的「極端暴力」。「凶手對受害者施以殘暴的攻擊。殘暴的，你們都聽見我說的了吧？」她要每個人想像落在媽媽身上的每一刀、尖叫聲、被割裂的皮膚、撕裂的組織、受損的重要器官、血泊中的軀體：「這場命案不是一種隱喻。它非常具體、殘酷、血腥至極。其中透露著凶殘、獸性，以及無庸置疑的殺害和屠殺意圖。」

為了確保無人質疑，她展示了媽媽的遺體相片。她已經在前一天知會我了，建議我閉上眼——還沒輪到蕾雅出庭作證，所以她不在場——身為兒子的我不該看，而我也決定聽從她的建議。然而，當那個畫面出現在特意安裝的白板上時，庭內觀眾眼中的恐懼是如此明顯，以至於我也忍不住轉頭看了一眼。律師是對的：我不該看的，就連偷瞄一眼也不應該。那是個令人難以擺脫、難以承受、無法磨滅的影像。它將跟隨我到生命的最後一刻。

隨後她也強烈反駁辯護律師提出凶手毫無判斷能力的論點，說那是「荒謬、滑稽」的主張。還說，「沒有任何法庭會接受這種說法。」這不過是一介懦夫在用可悲的論點做最後的掙扎。「這個人知道自己在做什麼，他非常清楚。」

證據就是他在警察到場時沒有神智不清的表現，相反地，他立刻逃走了，像懦夫一樣逃離現場，並躲藏起來，就像那些意識到自己行為偏差的人一樣。他沒有主動投案，因為他認為逃跑才是唯一逃避責任的方式。

最後，她再次提到「我們的母親」，一個曾經推開憲警隊大門的女人，一個被逼到無路可走的女人，一個鼓起勇氣開口，卻沒有人聽她說話的女人，「就像在她之前，成千上百名受害者一樣，她們如今都已不在世上，或者永遠帶著傷痕。」我們希望它繼續發生嗎？希望這種情況持續下去嗎？我們的母親，我們唯一的母親突然間成了所有女人的代名詞。

至於檢察官，他要求判處終身監禁。

47

現在，我想談談這場審判中最令人心痛的時刻：蕾雅的證詞。

她羞澀地走上證人席，身上穿著一件春季的小裙子，腳上是馬汀鞋，這個裝扮讓她看起來成熟了點，也為她增添一點奇特的風格。我們立刻感受到在場的每個人都屏氣凝神。空氣中有一股電流，一份關切。所有陪審團成員似乎都在支持她的努力，陪伴她完成艱難的任務，就連爸爸也忍不住露出一絲苦笑。我解讀為同情。

庭長以不帶情緒的中立態度對她說話，稍微緩解了緊張的氣氛（她是對的，不應該讓同情心氾濫）。蕾雅必須先報上名字和年齡，這麼做等於告知所有人她是青少年，但由於她是被告家屬，因此不需要宣誓。庭長詢問她是否有任何自發陳述，她搖了搖頭否定。隨後，庭長請她大聲、清晰地表達意見，她再次拒絕了。拒絕的做法是和律師商定好的，她希望妹妹在她的引導下提出證詞。

蕾雅開始陳述。

她說的話我早已熟記於心，但我仍為此感到難受，因為她的證詞把我帶回她打電話給我的那一刻，感受到那時的震驚。畢竟這段時間內，我們堅持不去碰觸這個話題，可是現在看來，她仍有能力講述這個故事，有血有肉，而且還能順著時間軸。

我特別注意她的用詞、她微弱且時而猶豫的聲音、她壓抑的啜泣和必然的停頓對陪審團的影響。每個人都在想：一個小女孩不應該目睹這麼可怕的事情。每個人都在思考：她以後要怎麼正常生活？所有人都想把她抱進懷裡。有些人還盯著她的鞋子看，奇特的馬汀鞋：難道她已經迷失自我了嗎？

審訊期間，我一直害怕她會撐不下去。我的意思是，我怕她崩潰，怕她無法承受，怕這一切對她來說太困難了。我用十二萬分的心思注意著她聲音的抑揚頓挫、她緊抓住欄杆的手和顫抖的腿，隨時準備好跳出來幫她。但她沒有倒下，沒有，她沒有被擊垮。我的意思是：她可能會不敢面對爸爸，可能會突然對他產生同情而收回她的主張，可能會淡化他做的事，或者可能會被對方咄咄逼人的口氣嚇得退縮。可是她沒有屈服。我知道她用盡了所有力氣。後來，她告訴我：「每當我覺得害怕，我會想媽媽靈柩上的遺照，想教堂彩繪玻璃上的天使。」

最後，在準備離開證人席前，她清了清嗓子，小聲說道：「我有件事想補充……一件我之前沒有說過的事……」我立刻警覺地挺起了身子，一陣騷動在人群中蔓延開來。律師朝我投來一個擔憂的眼神，我聳了聳肩作為回應，表明我不知情。

「我蹲下看媽媽時，她還沒有死。她只剩下抓住我手臂的力量……她試著跟我說話，可是沒有成功。所以……該怎麼說呢……她的眼睛替她說話了……她的眼睛裡充滿恐懼……因為她知道她要死了。因為她知道不能再保護我們了。最後，她勉強開口說了一句話，可是只有開頭。她說：『答應我……』然後她的頭就垂下去了，她就走了……可是我，我永遠也不會知道應該答應她什麼了。」

接下來的幾秒，現場陷入無邊的沉默之中，然後許多人哭了起來，我也是其中之一。律師說不出話來。庭長低下頭，試圖在她面前厚重的案卷中找到一絲冷靜。陪審團中，有些人摀住嘴巴，試圖壓抑尖叫聲，壓抑他們的情緒。就連遠遠站在後排的皮耶．威狄葉也不得不因為情緒過於激動而坐下。看來，他也是會被動搖的，真令人欣慰。

蕾雅回到位子上時，本來就沒有機會脫身的爸爸已經完全輸了。她給了他最後一個眼神，帶著倔強和痛苦。我覺得她是在對他說：「我愛過你，可是為什麼你要毀掉我們的生活？」

爸爸最後被判無期徒刑，併最低應執行之期間二十二年。

48

事情至此，我們（天真地）以為結束了。媽媽在墓地裡長眠，我們會在星期天帶上鮮花去看她。爸爸在大牢裡腐爛，我們一點也不想知道他的消息。房子低價出售了，我們花了好大的力氣才讓人們願意買下它。我們盡量不再經過以前那個社區，與貝容太太之間只剩電話聯繫。最糟糕的似乎已經過去了。

我們會「重拾過去的生活」，甚至連外公都這麼說。這句話讓我百感交集。它暗示了找回以前的生活，但這是不可能的，以前的生活不會再回來，純真的日子、無憂無慮的日子和對未來充滿希望的日子都結束了。我們只能期待有朝一日能克服這場傷痛，與它共存，努力找到出路。

我們還是過了幾個月平靜的生活。我們感覺得到這份平靜很脆弱，隨時可能會破碎，但它暫時營造一種假象，讓人誤以為找到了某種平衡。直到我們意識到，這種平衡事實上暗藏著危機。

就我來說，我努力在教那些孩子跳舞的過程中尋找樂趣。然而，我不得不承認我無法在工作中獲得滿足。首先，這是一項令人沮喪的任務：我必須維持那些容易厭倦或輕易放棄的孩子的興趣，面對那些除了父母野心外別無天賦的富家子弟。我不得不一遍又一遍重複相同的話、相同的練習，半彎曲和大伸展，可是卻看不到進步，找不到他們的潛力，也不再希望遇到有天賦的孩子。我會忍不住想起巴黎，想著：如果當初繼續，也許此刻我已經是首席舞者了。我會在巴士底歌劇院的舞台上翩翩起舞，扮演《瑪儂．雷斯考》（*Manon Lescaut*）裡的格里厄（Des Grieux）或是《天鵝湖》裡的齊格飛（Siegfried）王子，那將是多麼美好的生活，是我夢寐以求的生活。我時不時會收到一些人的消息，看著他們繼續往前，但這些消息日漸減少，因為對我來說太過殘酷，也因為那些老朋友都已有了新的目標，逐漸將我遺忘。

任由這些挫折侵蝕自己並不能療癒心靈。

入夜後，我經常去波爾多，在Coco Loko酒吧裡流連忘返。我隨著甜膩的流行音樂鬆弛，也隨著令人恍惚的電子音樂跳到精疲力竭，我的頭髮纏繞在臉上，汗浸濕T恤。我喝著混酒、雞尾酒，也喝下客人遺留在塑膠杯底的溫熱啤酒，喝得過頭了。有時，我會接受陌生人給我的搖頭丸，躲在廁所門後吞下。在夜店打烊前，我會去找那些變裝皇后，其中一些已經成為我的朋友。凌晨兩點，我們會在卡普辛區跟各色各樣的人一起晃蕩，穿過市場惡臭的氣味。我也經常跟著陌生人回到學生宿舍，或是位在波爾多交易所廣場旁的豪華公寓，跟他們上床，完事後就走人，毫不留戀。我會搭清晨第一班電車回到布朗克福，盡量在妹妹和外公醒來前回到家。

有時我會突然感到後悔，後悔自己沒有墜入愛河，沒有遇到一個能讓我傾心的人，然後，我又會馬上明白，這並不適合我，我完全無法想像穩定的情感關係。

也許我是害怕人。人會殺人。

我原本以為青春總會過去，不過最後不得不承認，青春不是問題所在。問題在於我偏離了航道，這一點無庸置疑。這個事實在所有人眼裡都是顯而易見的，而且它正要開始在我身上發酵。

事實上，期待我們的創傷能隨著時間流逝，這種想法無疑是不切實際的。那衝擊的力量至今仍然不變，噩夢也沒有減少。我需要幫助。於是，我做了一個決定（對我來說很重大的決定），開始接受治療。如果我也跟心理師說說話，如果我說出那些暴力，或許就有機會感覺好一點。

我沒忘記第一次諮商的情況。整個過程中，我一直在耍小聰明，再一次迴避了最核心的問題。她在結束時用溫柔卻堅定的聲音對我說：「您只要明白，這件事關係到您自己，一直閃躲是沒有辦法解決問題的。」之後的諮商我開始調整自己的態度。

49

至於蕾雅，我本以為審判過後她會得到解脫，可是她卻日漸頹廢。她的學業成績一直沒有好轉。她的朋友們愈來愈少來看她了。有一天，我在大樓前遇到一位她的朋友，道別時她絕望地對我說：「她太陰沉了。」她們聚在一起的時候，蕾雅幾乎不會開口，不會表達任何意願。她變成了「一個累贅。我很抱歉這麼說，但這是事實。」那位朋友說道。她甚至好像不再成長了。本來應該變成一位妙齡女子的她卻像個孩子，至少智力是如此。彷彿時間停下來了，或者減緩了它的步伐。

除了我和外公，沒有其他人可以幫她。沒有其他朋友，沒有家人，親戚也不多。我們能給她的是很多的愛，我們僅剩的愛。

致命的一擊在某個清晨襲來，監獄打來電話：我們的父親前一晚試圖自殺。他活下來了，但情況不佳，正在醫務室接受治療。妹妹的臉色瞬間變了。她咬著牙關嘀咕：「我想見他。」她看上去如此堅決，我便沒有嘗試勸阻她。

由於我無法和那個給我們帶來不幸的人重新取得聯繫，我們決定由外公陪她去。我目送他們出門，那畫面感覺就像看到牲畜走向屠宰場。我對這次重逢沒有任何期待。它只會翻開傷口，抹去妹妹為了擺脫悲傷所做的努力，把她推回起點。更糟糕的是，如果她被那個囚犯的狀態震撼了，可能會加劇她的失序，讓她更加迷惘。而我當時還不知道，這份擔憂會成真。

她回來後，雖然我沒有問她，她還是堅持要說她在會客室的事。她提到沉重的門，出示的文件，不能帶進去的個人物品，安檢，閘門，油漆斑駁的走廊，刺鼻的汗臭味，遠處聽不清的呼喊聲，一位友善的獄警。她被帶到一個小房間裡坐下，等待，她一直保持警惕——她戒備著——外面的世界不存在了，所有的聲音都被壓制，窗戶是不透明的，裡面的規矩也不一樣，如果真的發生了什麼事，誰會知道？

她向我描述父親出現時的模樣，虛弱、削瘦、滿臉鬍子，就像一個幽靈，一個鬼魂。那模樣立刻引起她的憐憫。他的手腕上纏著繃帶，用來掩蓋他用從廚房偷來的刀割出的傷口。他把手放在女兒的手上，而她沒有抽回。他問她過得怎麼樣，她不知道該怎麼回答，也沒有反問他同樣的問題。他解釋說，他試圖自殺並不是因為他無法忍受被囚禁，也不是因為想到生命結束前都無法獲得自由而瘋狂，是因為罪惡感和悲傷困擾著他。他被自己的行為困擾著。他無法入睡。他想要「結束這一切」。蕾雅向我承認，那個當下，她相信了，雖然不應該，但事情「就是這樣」。回到家後，她仍然相信著他，雖然減少了幾分，卻並未完全消失。

我不敢反駁她。畢竟，他說的有可能是真的。只是我需要把爸爸當作壞人。只有這樣，我才不會墜落。事情必須非黑即白。妹妹的灰色地帶，我無法忍受。

事實上，她也無法忍受。她不知道該如何自處。

而且，遲來的悔恨能改變什麼？他殺了我們的母親。沒有人會把媽媽還給我們。

再說，為什麼他的後悔來得這麼晚？如果他能在審判一開始就表達這種悔意，而不是試圖塑造完美丈夫的形象，並聲稱自己沒有責任，這樣不是更好嗎？我一點也沒忘記。

如果他自殺成功了，不就是把我和蕾雅拉進更深的深淵裡嗎？即使失敗，他也給我們帶來了衝擊。

然而，儘管如此，我還是選擇保持沉默。我讓妹妹繼續徘徊在矛盾之中，而我則回到我自己的極端上。我們的道路愈岔愈開。當時我不知道，我們兩個之中，誰走了對的路。如果真的存在一條所謂對的路。

不過，我知道的是，她的狀況開始惡化。幾週後，我發現她在自殘。

50

她當然什麼也沒說。自殘本身就是一種私密的行為，一個不為人知的動作。

是她在即將入夏之際，天氣已經開始變熱時，身上還穿著的長袖毛衣讓我發現不對勁。我問她時，她又含糊帶過。我再三追問，她就和我吵起來，一點也不像她。我心裡因此亮起紅燈，於是我違背自己的原則，鼓起勇氣抓住她的手臂，撩起她的袖子。我被眼前的景象嚇到了。

到處都有傷口，或大或小，深淺不一，可能是用剃刀或刀尖劃出來的。

我看著蕾雅就像在看一個陌生人。我知道她痛苦，每天都看到她的憔悴，但我從未想過會以這樣的方式表現出來。

讓我稍感安慰（用這個詞有點誇張了）的是，她沒有對我大喊大叫，沒有抽掉她的手臂，也沒有逃跑。相反地，她給了我一個悲慘、無力的眼神。我想她一定是因為我識破她可怕的祕密儀式而感到解脫。

她坦承這種自殘已經持續好幾個月。有一天，她已經記不得為什麼，她從面前的筆袋裡拿出圓規，劃破自己的皮膚，感覺很好。所以她又反覆做了幾次。因為害怕被發現，她選擇看不到的地方：大腿、肚子。

她說這件事時情緒溫和、平靜。我聽著她說話，心裡一陣噁心。

她把話說完後，我或許應該展現出關切、憐愛的一面，但我沒有。我緊抓著她的肩膀，大喊：「妳必須停下來，立刻停下來。」我的激動讓她感到驚訝。我因此推測，事態比她想像的更嚴重。因為她早已習慣了這些傷口，並不認為有何不妥。相反地，她從中得到了一些平靜。她以自己的方式表達情緒，把自己從困境中解放出來。從她的角度來看，我更應該支持她的行為。我的憤怒使她感到困惑，更重要的是，我的行為把她拉回現實了：這些自虐的傷口沒有辦法治癒她的心病，不會給她帶來任何好處。

同一天，我向心理師說了這件事，她也證實了我最擔心的事。從心理學的角度來看，她是在自我攻擊。隱藏傷口並不是為了求方便，它們意味著強烈的不安。她的創傷顯然沒有被消化吸收。然後，她加了一個評論，對我來說就像救生圈：這種自殘的行為出自重新掌控自己的需求。這種受到控制的疼痛——雖然聽起來很奇怪，但她確實控制了——是妹妹擺脫被動狀態的一種方式。

然而，她的安慰並沒有持久。她接著說了一句可怕的話：「您要知道的是，這些自殘行為可能是自殺的前兆。」

蕾雅必須重新向專業人士尋求諮詢（之前的療程，她只進行幾個月就中止了，我們不敢強迫她繼續下去）。如果她拒絕，我就得替她處理。

蕾雅拒絕了。

51

妹妹住進這間特殊機構十八個月了，就讓我們用這種含蓄的方式稱呼它。

我想，我一開始似乎過於急切了。首先，我用計邀請一位精神科醫師到我家來，沒有特別提及他的職業，為的是在她毫無戒備的情況下對話。她接受了。她真的那麼容易相信，還是早就識破了我的伎倆？無論如何，診斷結果是沒有討論餘地的：蕾雅患有重鬱症，必須住院治療。她再次表示反對，因此必須啟動第三方強制協助住院（HDT）[14]。而這第三方就是我。

他們告訴我，接下來要做的是，保護她不受一了百了的想法誘惑。

醫生也藉機告訴我，我就算用盡力氣也幫不了她。他並不懷疑我的好意，但我無法幫助妹妹振作起來，我根本沒有能力，應該交由專家處理。

然而，當我在我面前那張攤開的文件上簽字時，我在一筆之間剝奪了妹妹的自由，替她決定了什麼是對她好的。那一刻我無法忘懷。

在醫院裡，她立刻被視為一位狀況令人極度擔憂的病人。

可是我仍然相信（我需要相信）她只是偶爾陷入憂鬱，經歷一些沮喪的時刻而已。他們告訴我說：「我們會確保她正常進食，注意衛生，並嘗試與她對話。」這句話足以讓我承認，我們已經處在一個完全不同的層級了。

他們開始所謂的支持性心理治療（psychothérapie de soutien），搭配抗焦慮的藥物。有人跟我提到苯二氮平類的藥品和抗精神病的重鎮定劑。一開始，他們還

14 譯註：hospitalisation à la demande d'un tiers，台灣通常稱作緊急強制住院。

給了她安眠藥。我非常震驚。

每天我都在質疑自己是否做出了正確的決定，這些治療是不是比原來的病情還要糟，我是否應該把她從這個機構帶走。但他們回答我：「我們理解你的疑問和內疚。但我們的職責是告訴你，如果你把她帶回家，我們不能排除她自殺的可能性。」

出院後，蕾雅就被安置在這裡。從外觀上看，這裡就像一間等級一般的飯店，大概像宜必思（Ibis），周圍被柏樹環繞著。走進裡面，印象還是一樣的。柔和的色調，安靜的走廊通向各個單獨的房間，每間都有自己的小陽台。能讓人看出差異的，當然是工作人員的服裝。偶爾會聽到尖叫聲。或是病人渙散或黯淡的目光。還有另一個人蹣跚的步伐。在這些牆壁之間，治療的是躁鬱症、強迫症、恐慌症、恐懼症、成癮、厭食症、暴食症、被害妄想症、精神死亡（所有這些詞我都已耳熟能詳）。

蕾雅的狀況逐漸穩定下來，但她幾乎像個植物人一樣沒有活力。她不再自殘了，也不再讓自己受傷，只是在一種軟弱和懶散的狀態下度日。沒有人能告訴我她什麼時候會走出這種狀態。他們向我保證會有這麼一天。我只能耐心等待。

我每天都給她打電話，每個週末都會去看望她。天氣舒適時，我們就到公園裡坐坐，她有自己最喜歡的長椅，沒有人和她爭搶，就在一棵檸檬樹旁。她最近還看了一部有關西西里檸檬樹的紀錄片，故事發生在一個叫諾托（Noto）的城市附近。她懇求我答應她有一天會去那裡。我答應了。她告訴我皮耶・威狄葉來看過她，我竟然愚蠢地覺得感動。

外公陪我去看她時，她總會問同一個問題：「店裡的生意怎麼樣？」而他也總是用同一個方式回答一切都好。他沒有告訴她，讀報紙的人和買菸的人都愈來愈少了。她需要說服自己相信某些事情是永恆的。

（聽著他們始終如一的對話，我有時會想起自己年輕時多麼渴望擁有非凡的命運，或許這就是舞蹈吸引我的原因。我並不是夢想成名，或者說不完全是，我的夢想是與眾不同的生活，一種能與日常生活形成對比，能帶我去探索新領域的生活。如今，我可能會向虛構的神祈求一個簡單的生活。今天在長椅上的閒聊讓我感到安心。）

有些下午，我們會連續幾個小時都不說話。就是這種靜止和頹喪，有天激發了我寫下我們的故事的決心。因為看著蕾雅把自己關在只有她一個人的黑暗裡，我意識到在外人眼裡，我們只是附帶受害者。因此，人們希望我們做一個無形和無聲的受害者。而我拒絕接受這種隱形和沉默。

我相信我寫作的目的也是為了重建我們被摧毀的生活。我們有權利這麼做。

讓我再告訴你們：這個星期天，我要帶蕾雅去阿卡雄。我們會從冬之城（Ville d'Hiver）開始。這個小社區是鑲嵌在高處的寶石，奢華的別墅俯瞰著海灣。我們會欣賞那些磚砌的外牆、色彩豐富的陽台和垂幃，還會想像昔日裡那些女士會在傍晚時分坐在露台上或花園裡香氛四溢的松樹下。然後，我們會慢慢走向海邊。蕾雅喜歡在海灘上散步。也許她會微笑，讓我相信她已經好轉了。或者突然跳起舞來，「就跟媽媽一樣。」我多喜歡看妹妹跳舞啊。

國家圖書館預行編目資料

這不是社會新聞/菲利普．貝松(Philippe Besson)著 ; 許雅雯譯. -- 初版. -- 臺北市 : 寶瓶文化事業股份有限公司, 2024.03
面 ;　公分. -- (Island ; 331)
譯自 : Ceci n'est pas un fait divers
ISBN 978-986-406-405-2(平裝)
876.57　113002430

Island 331

這不是社會新聞

作者／菲利普．貝松 Philippe Besson
譯者／許雅雯
選書／丁慧瑋

發行人／張寶琴
社長兼總編輯／朱亞君
副總編輯／張純玲
主編／丁慧瑋
編輯／林婕伃
美術主編／林慧雯
校對／林婕伃．劉素芬．陳佩伶
營銷部主任／林歆婕　業務專員／林裕翔　企劃專員／李祉萱
財務／莊玉萍
出版者／寶瓶文化事業股份有限公司
地址／台北市110信義區基隆路一段180號8樓
電話／(02)27494988　傳真／(02)27495072
郵政劃撥／19446403　寶瓶文化事業股份有限公司
印刷廠／世和印製企業有限公司
總經銷／大和書報圖書股份有限公司　電話／(02)89902588
地址／新北市新莊區五工五路2號　傳真／(02)22997900
E-mail／aquarius@udngroup.com

著作完成日期／二〇二三年
初版一刷+日期／二〇二四年三月二十六日
ISBN／978-986-406-405-2
定價／三八〇元

寶瓶文化・愛書人卡

感謝您熱心的為我們填寫，對您的意見，我們會認真的加以參考，
希望寶瓶文化推出的每一本書，都能得到您的肯定與永遠的支持。

系列：Island 331　書名：這不是社會新聞

1. 姓名：____________________　性別：□男　□女

2. 生日：_____年_____月_____日

3. 教育程度：□大學以上　□大學　□專科　□高中、高職　□高中職以下

4. 職業：______________

5. 聯絡地址：______________________________

聯絡電話：______________________

6. E-mail信箱：______________________

□同意　□不同意　免費獲得寶瓶文化叢書訊息

7. 購買日期：____ 年 ____ 月 ____日

8. 您得知本書的管道：□報紙／雜誌　□電視／電台　□親友介紹　□逛書店

□網路　□傳單／海報　□廣告　□瓶中書電子報　□其他

9. 您在哪裡買到本書：□書店，店名 ____________________　□劃撥

□現場活動　□贈書

□網路購書，網站名稱：______________　□其他______________

10. 對本書的建議：________________________________

____

____

____

11.希望我們未來出版哪一類的書籍：

（請沿此虛線剪下）

亦可用線上表單。

廣 告 回 函
北區郵政管理局登記
證北台字15345號
免貼郵票

寶瓶文化事業股份有限公司 收

110台北市信義區基隆路一段180號8樓

8F,180 KEELUNG RD.,SEC.1,

TAIPEI.(110)TAIWAN R.O.C.

（請沿虛線對折後寄回，或傳真至02-27495072。謝謝）